스스로 읽고 생각하고 쓰는

행복한
독서록

행복한 독서록

초판 인쇄일 | 2009년 2월 27일
초판 발행일 | 2009년 2월 27일

지은이 | 현상길
펴낸이 | 안대현
펴낸곳 | 풀잎
등 록 | 제2-4858호

주소 | 서울시 중구 예장동 1-51호
전화 | 02_2274_5445/6
Fax | 02_2268_3773

스스로 읽고 생각하고 쓰는

행복한
독서록

CONTENTS

스스로 읽고 생각하고 쓰는
행복한 독서

행복한 독서를 위하여 01

독서의 중요성은 아무리 강조해도 지나치지 않다. 중국의 시성(詩聖) 두보(杜甫)가 '모름지기 남자는 다섯 수레의 책을 읽어야 한다(男兒須讀五車書).'는 말을 남겼을 만큼 예부터 책을 많이 읽는 것은 인생 최고의 가치로 여겨져 왔다. 최첨단 영상 매체가 발달하고 있는 오늘날도 서점마다 인쇄 매체인 책들이 넘치고 있으며, 공교육에선 여전히 독서의 중요성이 강조되고 있다. 이제는 학교 생활기록부에 독서활동을 평가하도록 의무화하고 있는 시점이다.

이처럼 우리의 삶에서 중요한 읽기는 문자라는 매개체를 전제로 한다. 그래서 읽기는 우선, 문자를 판독하는 일부터 시작된다. 다음으로, 읽기는 문자로 이루어진 문장이 담고 있는 사전적 의미를 이해하는 일이며, 그 다음으로는 사전적 의미 속에 숨어 있는 내포적 의미를 찾아내는 일이다. 마지막으로 읽기는 내포적 의미를 바탕으로 자신의 경험과 지식을 결부시켜 삶의 새로운 의미를 창조하는 일이다. 결국 읽기의 종착점은 자신의 삶을 고양하고 행복하게 하는 데 있다. 자신의 삶을 늘 새롭게 만들어 나가는 것, 이것이 읽기의 본질이다.

그러므로 자신의 삶과 동떨어진 읽기는 참된 읽기가 아니다. 일시적인 눈앞의 목적 달성만을 위해, 혹은 평가용 점수만을 따기 위해 읽은 것들이 얼마 지나지 않아 대부분 기억 속에서 사라지는 이유는 그것이 자신의 진정한 삶의 가치와 무관하기 때문이다. 자신의 영혼 속에 자양분으로 녹아 들어가지 못했기 때문이다. 그래서 본인의 능력이나 의사와는 상관없이 평가를 잘 받기 위해 학교나 단체가 일방적으로 정해 준 권장 도서를 의무적으로 읽고 독후감을 써내는 읽기는 불행한 독서라 할 수 있다.

우리는 행복한 독서를 해야 한다. 남이 시켜서 마지못해 하는 독서가 아니라, 나의 의지로 독서를 해야 한다. 내 정서를 스스로 고양시키고, 내 생활에 필요한 정보와 지식을 스스로 얻으며, 내 영혼의 쉼터를 스스로 만들어 나갈 수 있는 행복한 독서를 해야 한다. 이러한 주체적이고 자주적인 독서, 즉 스스로 실천하는 읽기는 자신의 가치를 한껏 높이며 영혼을 보석처럼 다듬어 줄 것이다. 우수한 독서활동 평가나 입시 합격과 같은 실용의 열매는 그러한 자주적이고 행복한 독서 뒤에 저절로 열리는 빛나는 선물인 것이다.

많은 부모들은 자신의 자녀들이 텔레비전을 보거나, 만화 책을 보거나, 학과 공부와 관계없어 보이는 매체들을 접할 때, '공부는 않고 쓸데없는 것을 본다.' 는 부정적 반응을 일으킨다. 그들에게 읽을거리는 오직 학과 공부와 직접 관계있는 수업 교재, 참고서, 문제집 들을 의미한다. 자녀들에게 끊임없이 그것들만을 읽기를 강권한다. 어쩌다 문학 작품이나 잡지나 신문 보기를 권할 때도 '입시를 위해', '논술을 위해' 란 전제를 단 뒤, 주요 작가의 작품이나 사설, 칼럼 등과 같은 전략적 텍스트 읽기를 주문한다. 하지만 그것은 너무도 근시안적인 태도이다. 읽을거리를 한정하는 것은, 건강한 신체 발달을 위하여 균형 있는 영양소를 섭취해야 할 아이들에게 단백질이나 지방질만을 먹이는 것과 같다. 편식이 신체 발달에 좋지 않은 것처럼, '편독(偏讀)' 은 정신과 정서의 발달에 이롭지 않다. 따라서 읽을거리를 한정해서는 안 된다. 무엇을 읽을 것인가? 대답은 '정해진 것은 없다.' 이다.

텔레비전은 보기만 하는 매체가 아니다. 그 곳에도 풍부한 읽을거리가 있다. 다양한 영상 속에 담긴 시대와 세상의 의미를 읽어낼 수 있는 역동적인 매체이다. 만화책도 심심풀이로 보기만 하는 것이 아니다. 개성 있는 그림과 압축된 대사 속에 담긴 무한한 상상력과 판타지의 세계를 읽어낼 수 있는 훌륭한 매체이다. 우리 주변에 존재하는 모든 것들, 삼라만상이 다 읽을거리이다. 가을 아침의 안개, 여름 저녁의 붉은 노을, 거센 눈보라와 화려한 단풍의 물결 등 사시사철 변화무쌍한 자연은 영원히 없어지지 않는 무궁무진한 읽을거리이다. 그 속에 담긴 조물주의 뜻을 읽어내는 일, 우리 선조들은 그것을 '도(道)' 라

불렀다.

길거리를 지나가는 사람들의 말소리와 웃음소리, 벽마다 아무렇게나 붙어 있는 광고지의 메시지, 낡은 일기장 속 연필로 쓴 어린 시절의 노래, 늦은 밤 안방에서 들려오는 어머니의 기도 소리 등 사소한 일상의 언어들도 자신의 내면으로 끌어오는 순간 더할 나위 없이 가치 있는 읽을거리가 된다. 이처럼 새벽에 눈을 뜬 순간부터 잠잘 때까지 세상은 우리들 앞에 무한한 읽을거리를 제공해 주고 있다.

그러므로 양서(良書), 즉 좋은 책만을 골라 읽어야 한다는 것은 편협한 생각이다. 무엇이 양서인가? 그 절대적 기준은 없다. 고전이나 베스트셀러가 반드시 양서는 아니다. 권장 도서가 다 양서는 아니다. 화려한 광고의 후광을 업고 나오는 유명 출판사의 책, 이름난 작가나 학자의 책이 다 양서는 아니다. 스스로 넘어져 무릎이 깨지는 경험 없이는 놀이를 배울 수 없듯이, 자신의 삶에 양분이 되는 좋은 책을 고르기 위해서는 스스로 찾아 읽고 갈등을 느끼고 실패하는 과정을 겪지 않으면 안 된다. 좋은 책인 줄 알았는데 실망하거나, 간혹 부정적 영향을 끼칠 수도 있다.

그러나 그것을 두려워해서는 안 된다. 야구의 타자가 자신의 몸무게나 컨디션 등 조건에 가장 알맞은 방망이를 스스로 선택했을 때 홈런을 칠 수 있듯이, 자신의 정서적 발달과 지적 능력과 현실적 필요성 등에 맞는 책을 고를 수 있는 안목을 키우는 일이야말로 좋은 책 읽기의 요체라 할 수 있다. 일단 수많은 책 가운데 서 봐야 한다.

여행이 나를 세상으로 내 보내는 것이라면, 독서는 세상을 나에게로 들여오는 것이다. 그러므로 많이 읽을수록 좋다. 눈으로 읽느냐, 소리 내어 읽느냐, 깊이 읽느냐, 발췌하여 읽느냐 하는 방법론은 그리 중요하지 않다. 마음으로 읽는 것이 핵심이다. 일단 나에게로 들여놓은 세상, 즉 책 속에 담겨 있는 모든 정보를 내 마음으로 받아들여야 한다. 정을 붙여야 한다. 마음으로 읽다 보면, 때로는 나도 모르게 흥이 나 소리 내어 읽을 때도 있고, 마음에 드는 부분은 여러 번 반복해서 읽을 수도 있다.

또 기억하고 싶은 대목은 밑줄을 치거나 메모할 수도 있다. 울 수도 있고, 화가 날 수도 있다. 읽다가 덮어 버리고 한참 지난 후에 다시 읽을 수도 있다. 다 읽고 나서 정말 아니다 싶으면 읽은 책을 버릴 수도, 남에게 주어 버릴 수도 있다. '박이부정(博而不精)'이니, '숲을 보되 산을 보지 못한다.'는 등의 독서에 대한 논의는 말 그대로 속설일 뿐이다. 숲이든 산이든 그것이 내 마음에 들어와 내 영혼의 샘을 솟아나게 하면 그것으로 되는 것이다. 한 군데 명승지를 가 보았다고 하여 그 곳이 내 삶의 안식처가 될 수 없듯이, 한 권의 명작을 정독하였다고 내 영혼이 풍요로워지는 것은 아니다. 많은 책을 만나다 보면 좋은 책, 운명의 책을 만날 수 있는 확률은 그만큼 높아지는 것이다.

나는 고등학교 때 학과 공부하기보다 도서관 가기를 좋아했다. 방황하던 시기, 나의 벗들은 도서관에 있었고 내가 가고 싶은 세상도 그 곳에 있었다. 여러 책을 접하던 어느 날 운명처럼 프랑스의 소설가 로망 롤랑(Romain Rolland)의 〈베토벤 전기(傳記)〉를 만났다. 운명의 책이 내 마음으로 들어온 날이었다. 상투적인 전기 형식이 아닌 소설적이고 극적인 구성으로 된 책 속에서 밤새 악성 (樂聖) 베토벤의 희망과 좌절과 용기와 극복을 만난 내 사춘기의 삶은 달라지기 시작했다. 한 글자, 한 글자 정독에 정독을 거듭하면서 '운명의 벽'을 넘어선 베토벤의 삶을 그리도 감명 깊게 그려낸 그 책의 마지막 페이지를 넘긴 후, 나는 하잘 것 없는 내 신세타령이 얼마나 어리석은 일인가를 깨닫게 되었다. 나는 비로소 멀쩡한 육체를 가진 것을 고마워하며 꿈을 이루기 위한 공부를 시작했던 것이다.

중학교 때는 권장 도서의 세계 명작 중 하나인 앙드레 지드(Andre Paul Guillaume Gide)의 〈좁은 문〉을 읽다가 덮어 버렸다. 무슨 내용인지 알 수 없었고, 아무런 감동도 없었다. 그런데 대학교 일학년 어느 날 그 덮어 두었던 책을 다시 펼친 나는 두어 시간 동안 숨 막히는 팽팽한 긴장감과 함께 '좁은 문' 안으로 빨려 들어갔다. 사랑과 갈등, 이별과 아픔, 인간과 종교의 파노라마 속에 휘감겼다가 풀려난 나는 곧바로 흰 종이 위에 펄펄 끓고 있던 감동을 무엇에 홀린 듯 써 내려갔다. '풍그즈마르의 빛나는 햇빛과 울울한 너도밤나무 숲 사이……알리싸! 제로옴!……' 나중에 보니 그것은 시로 쓴 독후감이었다. 정신의 그릇에 알맞은 책을 읽었을 때 우러나오는 감동이 저절로 글이 되는 경험을 한 순간이었다.

이처럼 책은 스스로 읽는 자에게 그 방법을 가르쳐 주는 기적과도 같은 스승이다. 신문은 빨리 읽고, 전문 서적은 천천히 읽으라는 법은 없다. 그저 그것은 하나의 기본적 원리일 따름이다. 스스로 읽으려는 마음을 먼저 세우는 것이야말로 가장 좋은 읽기의 방법이다. 하늘은 스스로 돕는 자를 돕는다. 마찬가

지로 책은 스스로 읽으려는 자에게만 그 방법을 가르쳐 준다. 책 속에 길이 있다. — 이것이야말로 책 읽기의 정수를 지적한 말이다.

논술 유감 ④

대학에서 논술 전형을 실시하면, 서점에는 논술용 교재가 우후죽순(雨後竹筍)처럼 넘쳐난다. 논술을 위한 사교육기관의 강좌와 고액 논술 과외가 봇물처럼 터진다. 학부모들의 아우성에 공교육기관도 앞 다퉈 논술 교재를 발행하는가 하면 교사들에게 논술 연수를 실시하고, 학교마다 방과 후 교육의 논술 강좌가 붐을 이룬다. 논술을 위해서는 배경 지식이 필요하고, 그래서 독서를 많이 해야 한다는 논리가 홍수를 이룬다. 그러나 어릴 때부터 학과 성적 향상만을 위해 과도한 사교육에 시달려온 학생들이 언제, 어떻게 대학이 요구하는 수준의 지식과 사고를 얻을 수 있을 것인가? 그러다 보니 짧은 시간에 많은 배경 지식을 얻으려는 수험생들을 겨냥한 고전이나 명작의 요약본 해설서가 판을 친다. 이 무슨 해괴한 일인가? 차라리 백과사전을 외우라 할 것이지.

독서의 결과는 감동을 통한 정서의 고양과 실천적 삶을 위한 지식과 정보의 획득으로 나타난다. 그렇게 고양된 정서와 획득된 지식은 글, 음악, 그림, 영상 등 다양한 수단을 통하여 형상화될 수 있으며, 그 중의 일부는 서평이나 평론과 같은 논리적인 글쓰기로 나타난다. 논술은 그와 같은 종류의 논리적 글쓰기이다. 대학에서 이러한 글쓰기를 통하여 수험생을 평가하고 서열화하여 선발하려는 것은 일리 있는 방법이다. 그러나 대입을 위한 논술이 독서의 의미와 가치를 심하게 왜곡하고 있다는 데 심각한 문제가 있다. 독서는 논술을 위해 하는 것이 아니기 때문이다. 대입 논술을 위해 급조된 요약본 해설서를 읽어 암기하고, 그것이 마치 자신의 내면의 가치인 양 위장하여, 그럴 듯한 연습을 통해 다듬어진 수사법과 문장 짜 맞추기로 좋은 점수를 받기 위한 답안을 만들어 내는 것이 논술이라면, 그것은 분명 해악(害惡)이다.

나도 아이들과 논술 교육 활동을 한 적이 있다. 기억 속의 아이들 가운데 고등학교 1학년 안 모 군이 있다. 그는 논술을 전혀 써 본 일이 없는 학생이었다. 성적은 상위권이었는데, 처음 그가 써 낸 글을 보고 나는 두 가지 점에서 크게 놀랐다. 하나는 상위권 학생이라고 여겨지지 않을 정도로 글의 앞뒤가 맞지 않는다는 점이었으며, 또 하나는 글 내용에 들어 있는 그의 배경 지식이 매우 풍부하였다는 점이었다. 안 모 군과의 대화를 통해 그가 어릴 때부터 읽어 온 독서량이 보통 이상이었다는 것을 알았다. 불과 몇 번의 논리적 글쓰기 과정을 거친 그의 글은 놀랍게 발전하였다. 고 1이었지만 당장 대입 논술에 도전해도 손색이 없을 정도였다. 그것은 나의 논술 교육을 잘 받아서가 아니라 그의 독서의 힘, 즉 폭넓은 배경 지식과 풍부한 사고력의 결과였다. 함께 논술 쓰기에 참여한 다른 학생들은 논제의 다양성과 상관없이 얕은 독서량으로 인한 사고력의 한계로 글쓰기에 고전했지만, 안 모 군은 인문과학이나 자연과학을 막론하고 자신의 풍부한 배경 지식 덕분에 얼마든지 창의적인 글쓰기가 가능하였다. 좋은 논술 쓰기는 이처럼 오랜 독서 과정 뒤에 얻어지는 잘 익은 열매인 것이다. 그러므로 어릴 때부터 이루어지는 논술 교육은 재고해야 마땅하다. 특히 한창 꿈을 키우며 무한한 상상의 바다에서 풍부한 정서를 경험해야 할 초등학생들에게까지 지극히 즉물적(卽物的)인 사고와 논리를 강요하는 논술 쓰기는 바로 그만두어야 한다. 그들에게는 보다 많은 독서와 사고의 자유가 주어져야 한다. 스스로 책과 친해질 수 있는 인생의 가장 좋은 기회를 상투적이고 형식적인 글쓰기 훈련으로 잃게 해서는 안 된다. 정상적인 학교의 단계적 교육과정의 이수와 그 과정 속에서 자연스럽게 다양한 분야의 책을 많이 읽을 수 있도록 가정과 학교가 함께 노력해야 할 것이다. 가정의 책상 위에, 거실에, 그리고 침대 위에까지 늘 아이들이 읽을 수 있는 책들이 넘쳐나야 한다. 모든 학교의 도서관은 아이들과 가장 가까운 곳에 위치해야 하고, 교실에서도 늘 책을 가까이 할 수 있는 학급문고가 활성화되어야 한다. 자연 친화(自然親和)가 우리 조상들의 삶의 철학이었다면, '독서 친화(讀書親和)'는 건조한 물신(物神) 시대를 살아가는 현대인들의 삶의 철학이어야 하지 않을까?

스스로 읽고, 스스로 쓰자 ⑤

독서는 어디까지나 주체적이고 능동적이어야 한다. 개인의 독서 취향을 그 누구도 강제해서는 안 된다. 스스로 흥미 있는 책을 골라 읽을 자유는 소중한 것이기 때문이다. 그림책이면 어떻고, 만화책이면 어떻고, 소설책이면 어떤가? 그것은 시작일 뿐이며, 일단 흥미로 시작한 읽기는 탐구적이고 지적인 읽기로 발전해 나간다. 스스로 하는 독서는 진화하는 것이다. 한 톨의 작은 씨앗이 자라 한 아름 굵다란 줄기와 풍성한 잎을 거느린 거목으로 성장하는 과정을 생각해 보라. 누가 그렇게 크라고 나무에게 강제한 적이 없다. 다만 나무는 스스로 뿌리를 뻗어 어둔 땅 속 바위틈의 물줄기를 찾아 빨아올리고, 스스로 잎을 틔워 태양을 향해 빛을 마시며, 오랜 세월 비바람을 이기고 두꺼운 껍질로 세상에 맞서며 꽃을 피우고 열매를 맺으며 저리도 튼튼한 생명체로 우뚝 서 있는 것이다. 스스로 물과 양분과 햇빛을 모아 성숙의 시간을 기다려 열매를 맺는 나무처럼 스스로 읽고 생각하고 표현하는 과정이 있어야만 창의적이고 풍부한 정서와 사고력, 논리적이며 비판적인 표현 능력이 신장될 수 있음을 잊지 말자.

그런 뜻에서 이 작은 책자를 늘 곁에 두고 스스로 읽은 책의 내용이나 감상을 형식의 구애를 받음이 없이 자유롭게 기록해 나가는 일은 그 무엇보다 보람 있는 일이 될 것임을 믿는다. 통장에 한 푼 두 푼 쌓이는 저금이 윤택한 살림을 위한 밑거름이 되듯 이 '행복한 독서록'에 한 쪽 두 쪽 채워지는 생각의 기록들은 미래의 자아실현을 위한 가장 알뜰한 버팀목이 되어 줄 것이다. 바로 지금부터 스스로 읽고 스스로 써 보자! 나만의 행복한 독서를 시작하자!

2008. 12

문원재(文園齋)에서
현 상 길

Ⅰ. 독서하기 전에

01 | 독서는 왜 중요할까?

현대는 지식 폭발의 시대, 21세기는 지식 기반 사회라고 합니다. 매일매일 새로운 지식이나 학설이 홍수처럼 밀려오고 있는 시대이지요. 이러한 시대에 폭넓은 교양을 갖추고 자아실현을 위한 풍부한 지식을 습득하기 위해서는 무엇보다도 독서가 가장 좋은 방법일 것입니다. 현대사회에서 요구되는 많은 지식이나 기술을 제한된 시간과 공간 속에서 직접 체험을 통하여 습득한다는 것은 사실상 불가능한 일이기 때문입니다. 독서를 통해서 우리는 폭넓은 지식과 간접경험을 얻고, 난관을 스스로 극복해 나갈 수 있는 문제 해결력을 기를 수 있습니다. 또한, 민주시민으로서 지녀야 할 건전한 교양을 체득하고 정신을 수양하며, 여가 선용과 건전한 취미 생활을 즐김으로써 자아 성장의 바탕을 닦을 수 있습니다.

특히 감수성이 예민하고 일생 중 가장 왕성한 지적 · 정서적 성장기인 학창

독서를 하면 …

- 일상생활의 즐거움을 얻고 위안을 받을 수 있다.
- 정서가 순화되고 삶이 풍요로워진다.
- 문제 해결을 위한 지식과 새로운 정보를 얻을 수 있다.
- 민주시민으로서 갖춰야 할 교양을 넓힐 수 있다.
- 학문의 기초를 익히고 전문성을 기를 수 있다.
- 창의적인 사고력과 풍부한 상상력을 키울 수 있다.
- 논리적으로 글을 쓰는 능력을 기를 수 있다.
- 올바른 삶을 위한 깨달음과 지혜를 얻을 수 있다.
- 균형 잡힌 인생관과 폭넓은 세계관을 세울 수 있다.
- 저자와 정신적으로 만나고, 소중한 간접 경험을 할 수 있다.

시절의 독서는 가치관을 세우고 삶의 방향을 결정지을 수 있다는 점에서 매우 중요합니다. 또한 학업 성적의 향상과 상급학교 진학을 위한 준비를 위해서도 독서는 빼놓을 수 없는 일과가 되어야 할 것입니다. 이와 같은 독서의 중요성을 마음 깊이 새기고 항상 책을 가까이 하며 책을 즐겨 읽는 습관을 기르도록 해야 하겠습니다.

02 │ 어떤 독서법이 있을까?

▶ 정독(精讀) – 자세히 읽기

자세한 부분까지 주의하여 빠진 곳이 없도록 깊이 생각하고 따지면서 읽는 독서법으로, 전문 서적이나 교과서를 읽을 때나 자세한 이해가 필요할 때 알맞습니다.

▶ 다독(多讀) – 많이 읽기

여러 종류의 책을 많이 읽는 독서법으로, 지나치면 역효과를 낼 수 있습니다. 깊이 있는 지식의 습득보다는 폭넓은 지식이나 상식의 습득에 알맞습니다.

▶ 속독(速讀) – 빠르게 읽기

책을 빨리 읽는 방법으로, 짧은 기간 내에 많은 분량의 책을 읽기에 알맞습니다.

● 통독(通讀) – 훑어 읽기

글 전체의 내용을 훑어 볼 필요가 있거나, 자세한 내용 이해가 별로 필요하지 않을 때 사용하는 독서법으로, 교양서적 읽기에 알맞습니다.

● 음독(音讀) – 소리 내어 읽기

소리를 내어 읽는 독서법으로, 다른 사람이 알아듣도록 읽거나, 문자나 말을 확인하며 읽으며, 시 낭송의 경우처럼 글의 내용을 음미하며 읽기에 알맞습니다.

● 묵독(默讀) – 눈으로 읽기

소리를 내지 않고 눈으로만 읽는 독서법으로, 생각하며 읽을 수 있고, 주위에 방해가 되지 않으며, 빠른 속도로 글의 내용을 이해하며 읽는 가장 일반적인 읽기 방법입니다.

● 발췌독(拔萃讀) – 필요한 부분만 뽑아 읽기

적독(摘讀)이라고도 하며, 한 권의 책 가운데서 자기에게 필요한 부분만 찾아 골라서 읽는 독서법으로, 사전류나 참고서를 읽는 데 알맞습니다.

03 | 'SQ3R' 이란 어떤 독서법일까?

독서의 중요한 목표 중의 하나는 내용의 이해와 학습입니다. 그런데 많은 이들은 독서에서 이 목표를 제대로 성취하지 못하고 있습니다. 이것은 글을 효과적으로 읽지 못하기 때문입니다. 효과적인 독서 방법으로 널리 알려진 로빈슨 (H. M. Robinson)의 'SQ3R' 방법은 독서의 과정을 다섯 단계로 나누고 있는데 각 단계의 독서 활동은 다음과 같습니다.

훑어보기 ▶ 질문하기 ▶ 자세히읽기 ▶ 되새기기 ▶ 다시보기

◆ 훑어보기 (Survey)

읽기 전에 책의 중요한 부분만을 훑어보고 그 내용을 미리 생각해 봅니다.

◆ 질문하기 (Question)

제목이나 소제목 등과 관련 지어 글의 중심 내용이 무엇인지 마음속으로 물어 봅니다. 제목은 대개 글의 중심 내용의 표현이므로 제목과 관련된 질문을 마음속으로 해 봄으로써 주의를 집중하게 되고, 자신의 배경 지식을 활용하면서 글 내용을 능동적으로 탐색하게 됩니다.

◆ 자세히 읽기 (Read)

차분히 읽어 가면서 책의 내용을 하나하나 확인하고, 이해하며, 중요한 내용을 파악합니다.

◐ 되새기기 (Recite)

다 읽은 후에는 읽은 글의 내용을 떠올리면서 마음속으로 정리해 봅니다.

◐ 다시 보기 (Review)

읽은 내용들을 살펴보면서 전체 내용을 정리해 봅니다. 글을 좀 더 분명히 이해하고 중요한 내용을 기억하기 위해 그 내용을 다른 사람에게 이야기해 보거나 독후감으로 정리해 둡니다.

04 | 어떤 책을 선택할까?

◐ 재미있는 책

◐ 인생의 교훈을 주는 책

◐ 자신의 수준에 알맞은 책

◐ 학교 공부에 도움이 되는 책

◐ 상상력을 풍부하게 해 주는 책

◐ 도덕적 판단력을 기를 수 있는 책

◐ 구체적인 삶의 모습이 드러나는 책

◐ 생활과 직업 선택에 도움이 되는 책

◐ 너무 두껍지 않아 휴대하기에 편한 책

◐ 우리 역사를 바르게 인식할 수 있는 책

◐ 선생님이나 부모님, 전문가가 권하는 책

◐ 서로 도우며 함께 사는 모습을 보여 주는 책

◐ 균형 있는 사고를 할 수 있는 다양한 분야의 책

◐ 종이 질이 좋고 활자 크기가 적당하며 인쇄 상태가 좋은 책

05 │ 어떤 태도로 읽는 것이 좋을까?

- 바른 자세로 앉아서 읽습니다.
- 자신의 생활과 관련 지어 읽습니다.
- 여러 종류의 책을 골고루 읽습니다.
- 평소에 책과 친해지도록 노력합니다.
- 매일 조금씩 꾸준히 계속해서 읽습니다.
- 책의 내용을 바르게 파악하며 읽습니다.
- 책의 내용을 음미하고 상상하면서 읽습니다.
- 옳고 그름을 가려가면서 비판적으로 읽습니다.
- 책의 내용 중 가치 있는 점은 본받아 실천합니다.
- 책의 종류에 따른 독서법을 바르게 알고 읽습니다.
- 한 번 읽기 시작한 책은 끝까지 다 읽는 습관을 기릅니다.

06 │ 건강을 지키는 독서법은 무엇일까?

독서하는 자세

책상에 단정히 앉아 읽되, 몸을 구부리거나 고개를 너무 숙여서 읽지 않도록 합니다. 엎드리거나 비스듬히 기대어 읽는 것도 좋지 않은 자세입니다. 책과 눈과의 거리는 보통 30cm 가량이 적당합니다.

전등의 밝기

너무 어두운 곳에서 읽지 않도록 합니다. 300룩스 정도가 알맞은 밝기입니

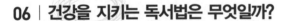

다. 전등은 책을 기준으로 해서 왼쪽 위의 방향으로 25∼30도 정도 기울어진 곳에 두어야 글을 읽을 때 그늘이 지지 않아 좋습니다. 낮에는 직사광선을 피하여 그늘진 곳에서 읽도록 합니다.

◐ 책의 위치

책은 시선과 수직을 이루는 것이 좋습니다.

◐ 독서 시간

독서할 때는 50분 정도 읽고 10분쯤 휴식했다가 다시 읽는 것이 좋습니다. 식사 중이나 식사 직후에는 독서를 하지 않는 것이 좋습니다.

◐ 독서 장소

도서실, 공부방, 교실 등이 책 읽기에 좋은 곳입니다. 버스 안에서나 길을 걸어가면서 책을 읽는 것은 난시나 근시와 같은 장애를 일으키는 원인이 됩니다. 통풍, 환기, 소음, 실내의 온도, 습도 등을 알맞게 하여 독서의 능률을 높이도록 합니다.

독서 예절과 위생

- 독서를 하기 전후에는 손을 씻는다.
- 습기가 있는 곳에 책을 놓아두지 않는다.
- 책을 꺼낼 때나 집어넣을 때 소중하게 다룬다.
- 책을 깔고 앉거나 용기의 덮개로 쓰지 않는다.
- 책을 던지거나 비 올 때 우산 대신 쓰지 않는다.
- 책의 표지만 쥐고 아래로 늘어뜨리거나 책을 두루마리로 하지 않는다.
- 책의 겉장이나 속지가 떨어지거나 찢어지면 곧바로 테이프나 풀로 붙여 수리를 한다.
- 읽던 책의 페이지를 접거나 연필, 자 등을 끼워 두지 말고 책갈피에 살피를 만들어 끼워서 본다.

II. 독서한 후에

01 │ 독서 감상문을 쓰면 어떤 점이 좋을까?

- ❂ 풍부한 사고력과 상상력을 기를 수 있습니다.
- ❂ 지은이와 작품에 대한 비판력을 기를 수 있습니다.
- ❂ 감동을 오래 간직할 수 있고, 책 읽는 보람을 느낄 수 있습니다.
- ❂ 읽은 책의 내용을 되살려 생각함으로써 깊이 있는 감상을 할 수 있습니다.
- ❂ 책의 내용에 대한 이해를 깊게 하여 새로운 지식을 나의 것으로 만들 수 있습니다.
- ❂ 자신의 생각과 느낌을 조리 있게 요약하고 정리하며, 논리적으로 표현하는 쓰기
  능력을 기를 수 있습니다.

02 │ 독서 감상문은 어떻게 쓸까?

- ❂ 줄거리보다는 감상 중심으로 씁니다.
- ❂ 감상의 내용은 되도록 구체적으로 씁니다.
- ❂ 즐거운 마음을 가지고 능동적으로 씁니다.
- ❂ 지속적인 독서 기록이 되도록 꾸준히 씁니다.
- ❂ 주인공의 행동을 자신의 생활과 결부시키면서 씁니다.
- ❂ 자신의 생각이 분명히 드러날 수 있도록 솔직하게 씁니다.
- ❂ 책 속의 주인공과 대화하는 것처럼 자연스러운 마음으로 씁니다.
- ❂ 다른 사람의 글이나 생각을 모방하지 말고 자신의 경험, 사고, 감상을 소중히 여기며
  씁니다.

독서 감상문 쓸 때 생각할 점

- 책의 제목을 대했을 때의 느낌과 연상되는 것은 무엇인가?
- 특별히 재미있거나 인상 깊었던 점은 무엇인가?
- 주인공이 고난을 극복하는 방법은 어떠했는가?
- 책을 읽은 후 새로 알게 된 점은 무엇인가?
- 책의 내용이나 주인공에 대하여 공감하는 점은 무엇인가?
- 책의 내용 중 의문점이나 더 알아보고 싶은 점은 무엇인가?
- 내가 이 책의 주인공이라면 내용은 어떻게 달라졌을까?
- 책의 지은이는 독자에게 무엇을 말하려 했는가?
- 이 책을 다른 사람에게 소개한다면 어떤 이유 때문인가?

03 | 독서 감상문은 어떤 순서로 쓸까?

① 메모 · 정리하기

책을 읽은 후에는 책 내용을 마음속에 정리하면서 메모해 둡니다. 자기만의 독서 메모장을 준비하여 정리해 놓으면 독서 감상문을 쓰는 데 많은 도움이 됩니다.

② 글의 제목 정하기

제목은 단순히 읽은 책의 제목을 붙이는 것보다는 책의 내용 중, 감명 깊게 느낀 점이나 글 전체에 대한 나의 생각으로 제목을 삼고 책이름은 부제로 제목

아래에 붙이는 것이 좋습니다.

　(예) 우리글을 만드신 위대한 성군 - '세종대왕' 을 읽고

③ 책을 읽게 된 동기 쓰기

④ 지은이 소개하기

　지은이의 약력이나 업적, 지은이가 살던 당시의 시대적 상황 등을 간단히
소개하는 것이 좋습니다.

⑤ 줄거리와 감상 고루 섞어 쓰기

　일반적으로 줄거리를 먼저 쓰고 나서 감상을 쓰는 경향이 있는데, 그보다
는 줄거리와 감상을 섞어 쓰되, 줄거리보다는 감상 위주로 쓰는 것이 좋습니
다. 자신의 생활과 주인공이 처한 현실을 비교해 가면서 자신의 각오나 느낀
점, 생활 태도에 대한 반성 등을 쓰는 것도 한 방법입니다. 아주 훌륭한 표현
이나 인생의 교훈이 되는 점, 기억에 남길 만한 내용을 직접 인용하는 것도 좋
습니다.

⑥ 끝맺음하기

　글의 끝맺음은 산뜻해야 합니다. 너무 길게 늘여 쓰다 보면 글이 지루해지
고 잔소리가 되기 쉽습니다. 보통 마지막 부분에서는 깨달음이나 결심 등을 씁
니다.

> 이것은 일반적인 과정이므로 독서 감상문 쓰기가 익숙해지면 자신만의 개성 있는 형식을
> 만들어 쓸 수 있습니다.

04 | 독서 감상문은 어떤 형식으로 쓸까?

◆ **수필 형식** | 자신의 체험을 바탕으로 하여 어떤 격식에 얽매이지 않고 자유롭게 표현하는 형식

운명의 벽을 넘어서
– 〈베토벤 전기〉를 읽고 –

음악 시간에 베토벤의 제9번 교향곡 〈합창〉을 감상할 때만 해도 나는 베토벤에 대해 그저 청각 장애를 극복한 훌륭한 음악가 정도로만 알고 있었다. 그런데 선생님의 권유로 읽게 된 로망 롤랑의 베토벤 전기를 읽고 나는 베토벤이 단지 훌륭한 음악가만이 아니고, 자신에게 닥친 운명과 맞서 싸워 이긴 위대한 인간 정신의 승리자임을 깨닫게 되었다. 베토벤은 나에게 자신의 약점에 굴복하고 나약하게 살아서는 결코 아무것도 이룰 수 없다는 것을 가르쳐 주었다.……

◆ **편지 형식** | 지은이, 주인공 또는 친구에게 말을 하듯이 쓰는 방법으로, 편지의 형식을 따르되 내용은 책을 읽고 난 느낌과 자기의 생각을 펼쳐 나가는 형식

나라의 희망, 어린이의 등불
– 〈소파 방정환〉을 읽고 –

존경하는 소파 방정환 선생님, 안녕하세요? 저는 서울○○초등학교 5학년에 다니고 있는 ○○○입니다. 선생님에 대한 이야기는 학교에서 많이 듣고 대강은 알고 있었지만, 이렇게 책 속에서 선생님을 만나게 되니 참 반가웠습니다. 처음 이 책을 손에 들었을 때는 '과연 재미있을까?' 하는 생각이 들었답니다. 솔직히 말씀드리면 제가 책 읽는 것보다는 컴퓨터 게임을 더 좋아하거든요. 그런데 막상 읽기 시작하니 책 읽기 싫어하는 제가 끝까지 책을 손에서 떼어내지 못했거든요.……

◆ **일기 형식** │ 독서 활동을 일기의 소재로 삼아 책의 내용이나 감상을 그날의 기분이나 경험과 결부하여 쓰는 형식

2008년 5월 17일 맑음

아침 독서 시간에는 그동안 읽을 생각만 하고 미루어 두었던 최인훈의 〈광장〉을 읽기 시작했다. 지난 달 문학 시간에 선생님께서 꼭 읽어 보라고 권유하신 작품인데, 차일피일 미루다가 오늘에서야 읽게 되었다. 나는 책은 좋아하면서도 독서를 위해 얼른 책을 손에 들지 못한다. 자꾸 미루는 버릇이 있다. 그러나 한 번 읽기 시작한 책은 반드시 끝까지 읽는다. 〈광장〉은 좀 철학적이고 관념적인 내용을 담고 있어 읽기에 어렵다고 하여 좀 걱정이 앞선다.……

◆ **기행문 형식** │ 책의 내용과 관련 있는 현장을 답사하면서 쓰는 독서 감상문으로, 능력에 따라 폭이 넓고 다양하고 독특한 감상문이 될 수 있는 형식

소설가 김유정의 생가를 찾아서

춘천시 신동면 증리(실레마을;시루마을)에 있는 소설가 김유정의 생가를 방문했다. 김유정이 태어난 동네가 모두 문학의 배경이고 모든 작품은 동네 사람들의 이야기를 소재로 쓴 것이어서 그의 작품에는 언제나 농군의 땀내가 배어난다. 나는 그의 생가와 기념관을 둘러보고 문맹퇴치를 위해 세운 움막학교가 불에 타 없어졌다는 터를 보고 그 당시 의숙을 세웠다는 자리와 교회가 세 들어 사용 중인 강의실을 돌아보았다. 그리고 소설 〈봄봄〉에 나오는 점례네 집이며 곳곳에 김유정의 발길이 닿았다는 동네의 꽃길을 동화 속을 거니는 기분으로 돌았다.……

◆ **시 형식** | 독서 감동을 짧은 시로 나타내는 것으로, 감정이 감동으로 이어지고 감동이 승화하여 시로 빚어지기 때문에 그만큼 깊이 잊는 독서 활동을 전개할 수 있는 형식

꿈을 찾아, 자유를 찾아
– 〈갈매기의 꿈〉을 읽고 –

아무도 꿈을 가르쳐 주지 않아.

그 누구도 자유의 길을 알려 주진 않아.

너처럼

어두운 하늘을 비상하는

의지의 날갯짓만이 꿈을 가르쳐 주지.

너처럼

빛나는 태양을 향해 온몸을 던지는

순수의 날갯짓만이 자유의 길을 열어 주지.

......

Ⅲ. 쓸모 있는 한자 성어(漢字成語)

한자 성어는 일상생활에서 많이 쓰일 뿐 아니라, 글을 읽을 때나 쓸 때에 알아두면 매우 편리하며, 어휘력 향상과 학습에도 많은 도움을 줍니다. 한자의 음과 뜻도 함께 잘 알아두고 틈틈이 익혀서 글쓰기에 많이 활용합시다.

가렴주구(苛斂誅求)

세금을 가혹하게 거두어들이거나, 백성의 재물을 무리하게 빼앗음.

(苛:가혹할 가, 斂:거둘 렴, 誅:벨 주, 求:구할 구)

각골난망(刻骨難忘)

남에게 입은 은혜가 뼈에 새길 만큼 커서 잊지 아니함.

(刻:새길 각, 骨:뼈 골, 難:어려울 난, 忘:잊을 망)

감언이설(甘言利說)

귀가 솔깃하도록 남의 비위를 맞추거나 이로운 조건을 내세워 꾀는 말.

(甘:달 감, 言:말씀 언, 利:날카로울 리, 說:말씀 설)

감탄고토(甘呑苦吐)

달면 삼키고 쓰면 뱉는다는 뜻. 자신의 비위에 따라서 사리의 옳고 그름을 판단함.

(甘:달 감, 呑:삼킬 탄, 苦:쓸 고, 吐:토할 토)

견물생심(見物生心)

어떠한 실물을 보게 되면 그것을 가지고 싶은 욕심이 생김.

(見:볼 견, 物:만물 물, 生:날 생, 心:마음 심)

견토지쟁(犬兎之爭)

개와 토끼의 다툼이란 뜻. ①양자의 다툼에 제삼자가 힘들이지 않고 이익을 봄.
②쓸데없는 다툼. (犬:개 견, 兎:토끼 토, 之:갈 지, 爭:다툴 쟁)

결자해지(結者解之)

맺은 사람이 풀어야 한다는 뜻. 자기가 저지른 일은 자기가 해결하여야 함.

(結:맺을 결, 者:놈 자, 解:풀 해, 之:갈 지)

군계일학(群鷄一鶴)

닭의 무리 속에 한 마리의 학이라는 뜻. 여러 평범한 사람들 가운데에서 뛰어난
한 사람. (群:무리 군, 鷄:닭 계, 一:한 일, 鶴:학 학)

고진감래(苦盡甘來)

쓴 것이 다하면 단 것이 온다는 뜻. 고생 끝에 즐거움이 옴.

(苦:쓸 고, 盡:다할 진, 甘:달 감, 來:올 래)

곡학아세(曲學阿世)

학문의 올바른 뜻을 굽히어 세속에 아첨한다는 뜻. 정도(正道)를 벗어난 학문으로 세상 사람에게 아첨함. (曲:굽을 곡, 學:배울 학, 阿:언덕 아, 世:세상 세)

공중누각(空中樓閣)

공중에 떠 있는 누각이란 뜻. ①내용이 없는 문장이나 쓸데없는 논의. ②진실성이나 현실성이 없는 일. ③허무하게 사라지는 근거 없는 가공의 사물.

(空:빌 공, 中:가운데 중, 樓:다락 루, 閣:문설주 각)

과유불급(過猶不及)

정도를 지나침은 안 한 것만 못함. 중용(中庸).

(過:지날 과, 猶:같을 유, 不:아닐 불, 及:미칠 급)

관포지교(管鮑之交)

관중(管仲)과 포숙아(鮑叔牙) 사이와 같은 사귐이란 뜻. 매우 다정하고 허물없는 친구 사이의 두터운 우정. (管:피리 관, 鮑:절인 어물 포, 之:갈 지, 交:사귈 교)

괄목상대(刮目相對)

눈을 비비고 본다는 뜻. 남의 학식이나 재주가 전에 비하여 딴 사람으로 볼 만큼 부쩍 는 것.　　　　　　(刮:비빌 괄, 目:눈 목, 相:서로 상, 對:대할 대)

교언영색(巧言令色)

아첨하는 말과 알랑거리는 태도라는 뜻. 남의 환심을 사기 위해 아첨하는 교묘한 말과 보기 좋게 꾸미는 표정.　　　(巧:공교할 교, 言:말씀 언, 令:영 령, 色:빛 색)

구밀복검(口蜜腹劍)

입 속에는 꿀을 담고 뱃속에는 칼을 지녔다는 뜻. 말로는 친한 체하지만 속으로는 은근히 해칠 생각을 품고 있음.　　　(口:입 구, 蜜:꿀 밀, 腹:배 복, 劍:칼 검)

구우일모(九牛一毛)

아홉 마리의 소 가운데서 뽑은 한 개의 (쇠)털이라는 뜻. 많은 것 중에 가장 적은 것.　　　　　　(九:아홉 구, 牛:소 우, 一:한 일, 毛:털 모)

금과옥조(金科玉條)

금이나 옥처럼 귀중히 여겨 꼭 지켜야 할 법칙이나 규정.
　　　　　　　　　(金:쇠 금, 科:과정 과, 玉:옥 옥, 條:가지 조)

금의환향(錦衣還鄉)

비단옷을 입고 고향에 돌아온다는 뜻. 출세를 하여 고향에 돌아가거나 돌아옴.

(錦:비단 금, 衣:옷 의, 還:돌아올 환, 鄉:시골 향)

금지옥엽(金枝玉葉)

금으로 된 가지와 옥으로 된 잎이라는 뜻. ①임금의 가족. ②귀한 자손. ③구름의 아름다운 모양.

(金:쇠 금, 枝:가지 지, 玉:옥 옥, 葉:잎 엽)

난형난제(難兄難弟)

누구를 형이라 하고 누구를 아우라 하기 어렵다는 뜻. 두 사물이 비슷하여 낫고 못함을 정하기 어려움.

(難:어려울 난, 兄:맏 형, 弟:아우 제)

남가일몽(南柯一夢)

남쪽 나뭇가지의 꿈이란 뜻. ①덧없는 한때의 꿈. ②인생의 덧없음.

(南:남녘 남, 柯:가지 가, 一:한 일, 夢:꿈 몽)

다다익선(多多益善)

많으면 많을수록 좋음.

(多:많을 다, 益:더할 익, 善:착할 · 좋을 · 잘할 선)

대기만성(大器晩成)

큰 그릇은 늦게 만들어진다는 뜻. ①크게 될 사람은 늦게 이루어짐. ②만년이 되어 성공하는 일.　　　　　　(大:큰 대, 器:그릇 기, 晩:저물 만, 成:이룰 성)

동문서답(東問西答)

물음과는 전혀 상관없는 엉뚱한 대답.

(東:동녘 동, 問:물을 문, 西:서녘 서, 答:대답할 답)

동병상련(同病相憐)

같은 병을 앓는 사람끼리 서로 가엽게 여긴다는 뜻. 어려운 처지에 있는 사람끼리 서로 딱하게 여겨 동정하고 도움.

(同:한 가지 동, 病:앓을 병, 相:서로 상, 憐:불쌍히 여길 련)

동분서주(東奔西走)

동쪽으로 뛰고 서쪽으로 뛴다는 뜻. 사방으로 이리저리 몹시 바쁘게 돌아다님.

(東:동녘 동, 奔:달릴 분, 西:서녘 서, 走:달릴 주)

동상이몽(同床異夢)

같은 자리에 자면서 다른 꿈을 꾼다는 뜻. 겉으로는 같이 행동하면서도 속으로는 각각 딴생각을 하고 있음.　　　(同:한 가지 동, 床:상 상, 異:다를 이, 夢:꿈 몽)

등용문(登龍門)

용문에 오른다는 뜻. ①입신출세의 관문. ②영달. ③주요한 시험. ④유력자를 만나는 일.

(登:오를 등, 龍:용 룡, 門:문 문)

등하불명(燈下不明)

등잔 밑이 어둡다는 뜻. 가까이에 있는 물건이나 사람을 잘 찾지 못함.

(燈:등잔 등, 下:아래 하, 不:아닐 불, 明:밝을 명)

마이동풍(馬耳東風)

말의 귀에 동풍(봄바람)이 불어도 전혀 느끼지 못한다는 뜻. ①남의 말을 귀담아 듣지 않고 그대로 흘림. ②무슨 말을 들어도 전혀 알지 못함. ③남의 일에 상관하지 않음.

(馬:말 마, 耳:귀 이, 東:동녘 동, 風:바람 풍)

막역지우(莫逆之友)

허물이 없이 아주 친한 친구.

(莫:없을 막, 逆:거스를 역, 之:갈 지, 友:벗 우)

만시지탄(晩時之歎)

시기에 늦어 기회를 놓쳤음을 안타까워하는 탄식.

(晩:저물 만, 時:때 시, 之:갈 지, 歎:탄식할 탄)

맹모삼천(孟母三遷)

맹자의 어머니가 아들 맹자의 교육을 위해 세 번 이사함.

(孟:맏 맹, 母:어미 모, 三:석 삼, 遷:옮길 천)

면종복배(面從腹背)

겉으로는 복종하는 체하면서 내심으로는 배반함.

(面:낯 면, 從:좇을 종, 腹:배 복, 背:등 배)

명약관화(明若觀火)

불을 보듯 분명하고 뻔함.

(明:밝을 명, 若:같을 약, 觀:볼 관, 火:불 화)

목불인견(目不忍見)

눈앞에 벌어진 상황 따위를 눈뜨고는 차마 볼 수 없음.

(目:눈 목, 不:아닐 불, 忍:참을 인, 見:볼 견)

문전성시(門前成市)

문 앞이 저자를 이룬다는 뜻. 권세가나 부잣집 문 앞이 방문객으로 저자를 이루다시피 붐빔.

(門:문 문, 前:앞 전, 成:이룰 성, 市:저자 시)

배수지진(背水之陣)

물을 등지고 친 진지라는 뜻. 목숨을 걸고 어떤 일에 대처하는 경우.

(背:등 배, 水:물 수, 之:갈 지, 陣:진칠 진)

백골난망(白骨難忘)

죽어서 백골이 되어도 잊을 수 없다는 뜻. 남에게 큰 은덕을 입었을 때 고마움을 오래도록 잊지 않음.　　　　(白:흰 백, 骨:뼈 골, 難:어려울 난, 忘:잊을 망)

백년하청(百年河淸)

백 년을 기다린다 해도 황하(黃河)의 흐린 물은 맑아지지 않는다는 뜻. ①아무리 오래 기다려도 사물(事物)이 이루어지기 어려움. ②확실하지 않은 일을 언제까지나 기다림.　　　(百:일백 백, 年:해 년, 河:물 하, 淸:맑을 청)

백문불여일견(百聞不如一見)

백 번 듣는 것이 한 번 보는 것만 못하다는 뜻. 무엇이든지 경험해야 확실히 알 수 있음.　　(百:일백 백, 聞:들을 문, 不:아닐 불, 如:같을 여, 一:한 일, 見:볼 견)

백미(白眉)

흰 눈썹[白眉]을 가진 사람이 가장 뛰어나다는 뜻. ①형제 중에서 가장 뛰어난 사람. ②여럿 중에서 가장 뛰어난 사람이나 물건.　　(白:흰 백, 眉:눈썹 미)

백절불굴(百折不屈)

어떠한 난관에도 결코 굽히지 않음.

(百:일백 백, 折:꺾을 절, 不:아닐 불, 屈:굽을 굴)

백척간두(百尺竿頭)

백 자나 되는 높은 장대 위에 올라섰다는 뜻. 몹시 어렵고 위태로운 지경.

(百:일백 백, 尺:자 척, 竿:장대 간, 頭:머리 두)

부창부수(夫唱婦隨)

남편이 주장하고 아내가 이에 잘 따름. 또는 부부 사이의 그런 도리.

(夫:지아비 부, 唱:노래 창, 婦:아내 부, 隨:따를 수)

분골쇄신(粉骨碎身)

뼈를 가루로 만들고 몸을 부순다는 뜻. 정성으로 노력함. 또는 그렇게 하여 뼈가 가루가 되고 몸이 부서짐.

(粉:가루 분, 骨:뼈 골, 碎:부술 쇄, 身:몸 신)

사면초가(四面楚歌)

사면에서 들려오는 초나라 노래란 뜻. ①사방 빈틈없이 적에게 포위된 상태. ②주위에 반대자 또는 적이 많아 고립되어 있는 처지. ③사방으로부터 비난받음.

(四:넉 사, 面:낯 면, 楚:초나라 초, 歌:노래 가)

사상누각(沙上樓閣)

모래 위에 세운 누각이라는 뜻. 기초가 튼튼하지 못하여 오래 견디지 못할 일이나 물건.

(沙:모래 사, 上:위 상, 樓:다락 누, 閣:문설주 각)

사족(蛇足)

뱀의 발. ①쓸데없는 것. 무용지물(無用之物). ②있는 것보다 없는 편이 더 나음. ③공연히 쓸데없는 군일을 하다가 실패함.

(蛇:뱀 사, 足:발 족)

사필귀정(事必歸正)

모든 일은 반드시 바른길로 돌아감.

(事:일 사, 必:반드시 필, 歸:돌아갈 귀, 正:바를 정)

살신성인(殺身成仁)

몸을 희생하여 어진 일을 이룬다는 뜻. 다른 사람이나 대의를 위해 목숨을 버림.

(殺:죽일 살, 身:몸 신, 成:이룰 성, 仁:어질 인)

삼고초려(三顧草廬)

초가집을 세 번 찾아간다는 뜻. ①사람을 맞이함에 있어 진심으로 예를 다함. ②윗사람으로부터 후하게 대우받음.

(三:석 삼, 顧:돌아볼 고, 草:풀 초, 廬:오두막집 려)

상전벽해(桑田碧海)

뽕나무 밭이 변하여 푸른 바다가 된다는 뜻. 세상의 모든 일이 엄청나게 변해 버림.   (桑:뽕나무 상, 田:밭 전, 碧:푸를 벽, 海:바다 해)

설상가상(雪上加霜)

눈 위에 서리가 덮인다는 뜻. 난처한 일이나 불행한 일이 잇따라 겹치어 일어남.   (雪:눈 설, 上:위 상, 加:더할 가, 霜:서리 상)

소탐대실(小貪大失)

작은 것을 탐하다가 큰 것을 잃음.

     (小:작을 소, 貪:탐할 탐, 大:큰 대, 失:잃을 실)

속수무책(束手無策)

손을 묶은 것처럼 어찌할 도리가 없어 꼼짝 못함.

     (束:묶울 속, 手:손 수, 無:없을 무, 策:채찍 책)

수불석권(手不釋卷)

손에서 책을 놓지 아니하고 늘 글을 읽음.

     (手:손 수, 不: 아닐 불, 釋:풀 석, 卷:책 권)

수어지교(水魚之交)

물이 없으면 살 수 없는 물고기와 물의 관계라는 뜻. ①아주 친밀하여 떨어질 수 없는 사이. ②임금과 신하 또는 부부의 친밀함.

(水:물 수, 魚:고기 어, 之:갈 지, 交:사귈 교)

순망치한(脣亡齒寒)

입술을 잃으면 이가 시리다는 뜻. ①이웃 나라가 가까운 사이의 한쪽이 망하면 다른 한쪽도 온전하기 어려움. ②서로 도우며 떨어질 수 없는 밀접한 관계.

(脣:입술 순, 亡:망할 망, 齒:이 치, 寒:찰 한)

식자우환(識字憂患)

학식이 있는 것이 오히려 근심을 사게 됨.

(識:알 식, 字:글자 자, 憂:근심할 우, 患:근심 환)

아전인수(我田引水)

자기 논에 물 대기라는 뜻. 자기에게만 이롭게 되도록 생각하거나 행동함.

(我:나 아, 田:밭 전, 引:끌 인, 水:물 수)

안하무인(眼下無人)

눈 아래에 사람이 없다는 뜻. 방자하고 교만하여 다른 사람을 업신여김.

(眼:눈 안, 下:아래 하, 無:없을 무, 人:사람 인)

양두구육(羊頭狗肉)

밖에는 양 머리를 걸어 놓고 안에서는 개고기를 판다는 뜻. ①거짓 간판을 걸어 놓음. ②좋은 물건을 내걸고 나쁜 물건을 판매함. ③겉으로는 훌륭하나 속은 전혀 다른 속임수. (羊:양 양, 頭:머리 두, 狗:개 구, 肉:고기 육)

양상군자(梁上君子)

대들보 위의 군자라는 뜻. 집안에 들어온 도둑을 점잖게 부르는 말.
(梁:들보 량, 上:위 상, 君:임금 군, 子:아들 자)

양약고구(良藥苦口)

좋은 약은 입에 쓰다는 뜻. 충언(忠言)은 귀에 거슬림.
(良:좋을 량, 藥:약 약, 苦:쓸 고, 口:입 구)

어부지리(漁父之利)

어부의 이득이라는 뜻. 쌍방이 다투는 사이에 제삼자가 힘들이지 않고 챙기는 이득. (漁:고기 잡을 어, 父:아비 부, 之:갈 지, 利:이로울 리)

역지사지(易地思之)

처지를 바꾸어서 생각하여 봄.
(易:바꿀 역, 地:땅 · 처지 지, 思:생각할 사, 之:갈 지)

연목구어(緣木求魚)

나무에 올라 물고기를 구한다는 뜻. ①도저히 불가능한(가당찮은) 일을 하려 함. ②잘못된 방법으로 목적을 이루려 함. ③수고만 하고 아무것도 얻지 못함.

(緣:인연 연, 木:나무 목, 求:구할 구, 魚:고기 어)

오리무중(五里霧中)

사방(四方) 오 리에 안개가 덮여 있는 속이라는 뜻. 사물의 행방이나 사태의 추이를 알 길이 없음. (五:다섯 오, 里:마을 리, 霧:안개 무, 中:가운데 중)

오비이락(烏飛梨落)

까마귀 날자 배 떨어진다는 뜻. 아무 관계도 없이 한 일이 공교롭게도 때가 같아 억울하게 의심을 받거나 난처한 위치에 서게 됨.

(烏:까마귀 오, 飛:날 비, 梨:배 리, 落:떨어질 락)

오월동주(吳越同舟)

적대(敵對) 관계에 있는 오나라 사람과 월나라 사람이 같은 배를 타고 있다는 뜻. ①서로 적의를 품을 사람끼리 같은 장소나 처지에 놓임. ②적의를 품은 사람끼리라도 필요한 경우에는 서로 도움.

(吳:성 · 오나라 오, 越:넘을 · 월나라 월, 同:한가지 동, 舟:배 주)

오합지중(烏合之衆)

까마귀 떼 같이 질서 없는 무리라는 뜻. ①규율도 통일성도 없는 무리. ②어중이떠중이. 맹목적으로 모인 무리들. (烏:까마귀 오, 合:합할 합, 之:갈 지, 衆:무리 중)

온고지신(溫故知新)

옛 것을 익히고 그것으로 미루어 새 것을 앎.

(溫:따뜻할 온, 故:연고 고, 知:알 지, 新:새 신)

와신상담(臥薪嘗膽)

섶 위에서 잠을 자고 쓸개를 핥는다는 뜻. 목적을 달성하기 위해 온갖 고난을 참고 견딤. (臥:누울 와, 薪:섶나무 신, 嘗:맛볼 상, 膽:쓸개 담)

외유내강(外柔內剛)

겉으로는 부드럽고 순하게 보이나 속은 곧고 굳셈.

(外:밖 외, 柔:부드러울 유, 內:안 내, 剛:굳셀 강)

용두사미(龍頭蛇尾)

용의 머리와 뱀의 꼬리라는 뜻. 처음은 왕성하나 끝이 부진한 모습.

(龍:용 룡, 頭:머리 두, 蛇:뱀 사, 尾:꼬리 미)

유유상종(類類相從)

같은 무리끼리 서로 사귐.

(類:무리 류, 相:서로 상, 從:좇을 종)

이심전심(以心傳心)

마음에서 마음으로 뜻이 통함.

(以:써 이, 心:마음 심, 傳:전할 전)

일거양득(一擧兩得)

한 가지 일로써 두 가지 이익을 거둠.

(一:한 일, 擧:들 거, 兩:두 량, 得:얻을 득)

일망타진(一網打盡)

한 번 그물을 쳐서 물고기를 다 잡는다는 뜻. 범인들이나 어떤 무리를 한꺼번에 모조리 잡아들임.

(一:한 일, 網:그물 망, 打:칠 타, 盡:다할 진)

일자천금(一字千金)

한 글자엔 천금의 가치가 있다는 뜻. 아주 빼어난 글자나 시문(時文).

(一:한 일, 字:글자 자, 千:일천 천, 金:쇠 금)

일장춘몽(一場春夢)

한바탕의 봄꿈이라는 뜻. 헛된 부귀영화나 덧없는 인생.

(一:한 일;, 場:마당 장, 春:봄 춘, 夢:꿈 몽)

일취월장(日就月將)

나날이 다달이 자라거나 발전함.

(日:해 일, 就:이룰 취, 月:달 월, 將:장차 장)

자가당착(自家撞着)

자기의 말이나 행동이 앞뒤가 서로 맞지 아니하고 모순됨.

(自:스스로 자, 家:집 가, 撞:칠 당, 着:붙을 착)

자강불식(自强不息)

스스로 힘써 몸과 마음을 가다듬어 쉬지 아니함.

(自:스스로 자, 强:굳셀 강, 不:아닐 불, 息:쉴 식)

자승자박(自繩自縛)

자기의 줄로 자기 몸을 옭아 묶는다는 뜻. 자기가 한 말과 행동에 자기 자신이 옭혀 곤란하게 됨.

(自:스스로 자, 繩:줄 승, 縛:묶을 박)

자포자기(自暴自棄)

스스로 자신을 학대하고 돌보지 아니함.

(自:스스로 자, 暴:사나울 포, 棄:버릴 기)

적반하장(賊反荷杖)

도둑이 도리어 매를 든다는 뜻. 잘못한 사람이 아무 잘못도 없는 사람을 나무람.

(賊:도둑 적, 反:되돌릴 반, 荷:책망할 하, 杖:지팡이 장)

전전긍긍(戰戰兢兢)

두려워서 벌벌 떨며 조심하는 모양.

(戰:두려워할 · 싸울 전, 兢:떨릴 긍)

전화위복(轉禍爲福)

①화(禍)를 바꾸어 오히려 복(福)이 되게 함. ②화가 바뀌어 오히려 복이 됨.

(轉:구를 전, 禍:재화 화, 爲:할 위, 福:복 복)

정저지와(井底之蛙)

우물 안 개구리라는 뜻. 식견이 좁음.

(井:우물 정, 底:밑 저, 之:갈 지, 蛙:개구리 와)

조강지처(糟糠之妻)

술 재강과 겨로 끼니를 이을 만큼 구차할 때 함께 고생하던 아내.

(糟:술 재강 조, 糠:겨 강, 之:갈 지, 妻:아내 처)

주경야독(晝耕夜讀)

낮에는 농사짓고, 밤에는 글을 읽는다는 뜻. 어려운 여건 속에서도 꿋꿋이 공부함.　　　　　　　　　　　　　　　(晝:낮 주, 耕:밭갈 경, 夜:밤 야, 讀:읽을 독)

죽마고우(竹馬故友)

어릴 때 같이 죽마(대말)를 타고 놀던 벗이란 뜻. ①어렸을 때의 벗. 소꿉동무. ②어렸을 때 친하게 사귄 사이. ③어렸을 때부터의 오랜 친구.
　　　　　　　　　　　　　　　　　　(竹:대나무 죽, 馬:말 마, 故:예 고, 友:벗 우)

중과부적(衆寡不敵)

적은 수효가 많은 수효를 대적하지 못함.
　　　　　　　　　　　　　　　(衆:무리 중, 寡:적을 과, 不:아닐 불, 敵:대적할 적)

천고마비(天高馬肥)

하늘이 높고 말이 살찐다는 뜻. ①하늘이 맑고 오곡백과(五穀百果)가 무르익는 가을. ②활동하기 좋은 계절.　　　　(天:하늘 천, 高:높을 고, 馬:말 마, 肥:살찔 비)

천재일우(千載一遇)

천 년에 한 번 만날 수 있는 기회란 뜻. 좀처럼 만나기 어려운 좋은 기회.
　　　　　　　　　　　　　　　(千:일천 천, 載:실을 재, 一:한 일, 遇:만날 우)

철면피(鐵面皮)

①얼굴에 철판을 깐 듯 수치를 수치로 여기지 않는 사람. ②뻔뻔스러워 부끄러워할 줄 모름. 또 그런 사람. ③낯가죽이 두꺼워 부끄러움이 없음. 후안무치(厚顔無恥).

(鐵:쇠 철, 面:낯 · 겉 면, 皮:가죽 피)

청천벽력(靑天霹靂)

맑게 갠 하늘의 날벼락이란 뜻. ①약동하는 필세(筆勢)의 형용. ②생각지 않았던 무서운 일. ③갑자기 일어난 큰 사건이나 이변(異變).

(靑:푸를 청, 天:하늘 천, 霹:벼락 벽, 靂:벼락 력)

청출어람(靑出於藍)

쪽[藍]에서 나온 푸른 물감이 쪽빛보다 더 푸르다는 뜻. 제자가 스승보다 더 나음.

(靑:푸를 청, 出:날 출, 於:어조사 어, 藍:쪽 람)

침소봉대(針小棒大)

작은 일을 크게 불리어 떠벌림.

(針:바늘 침, 小:작을 소, 棒:몽둥이 봉, 大:큰 대)

타산지석(他山之石)

다른 산의 쓸모없는 돌이라도 옥(玉)을 가는 데에 소용이 된다는 뜻. ①다른 사람의 하찮은 언행일지라도 자기의 지식이나 인격을 닦는 데에 도움이 됨. ②쓸모없는 것이라도 쓰기에 따라 유용한 것이 될 수 있음.

(他:다를 타, 山:메 산, 之:갈 지, 石:돌 석)

태산북두(泰山北斗)

태산과 북두칠성을 가리키는 말. ①권위자. 제일인자. 학문·예술 분야의 대가.
②세상 사람들로부터 우러러 받듦을 받거나 가장 존경받는 사람.

(泰:클 태, 山:메 산, 北:북녘 북, 斗:말 두)

퇴고(推敲)

민다, 두드린다는 뜻. 시문(詩文)을 지을 때 자구(字句)를 여러 번 생각하여 고침.

(推:밀 퇴, 敲:두드릴 고)

파죽지세(破竹之勢)

대나무를 쪼개는 기세라는 뜻. ①맹렬한 기세. ②세력이 강대하여 적대하는 자
가 없음. ③무인지경을 가듯 아무런 저항도 받지 않고 진군함.

(破:깨뜨릴 파, 竹:대나무 죽, 之:갈 지, 勢:기세 세)

팔방미인(八方美人)

①어느 모로 보나 아름다운 미인(美人). ②누구에게나 두루 곱게 보이는 방법으
로 처세하는 사람. ③여러 방면의 일에 능통한 사람. ④아무 일에나 조금씩 손
대는 사람. (八:여덟 팔, 方:모 방, 美:아름다울 미, 人:사람 인)

풍전등화(風前燈火)

바람 앞의 등불이라는 뜻. 사물이 매우 위태로운 처지에 놓여 있음.

(風:바람 풍, 前:앞 전, 燈:등잔 등, 火:불 화)

학수고대(鶴首苦待)

학의 목처럼 목을 길게 빼고 간절히 기다림.

(鶴:학 학, 首:머리 수, 苦:쓸 고, 待:기다릴 대)

허장성세(虛張聲勢)

실속은 없으면서 큰소리치거나 허세를 부림.

(虛:빌 허, 張:베풀 장, 聲:소리 성, 勢:기세 세)

형설지공(螢雪之功)

가난한 사람이 반딧불과 눈빛으로 글을 읽어가며 고생 속에서 공부함.

(螢:반딧불 형, 雪:눈 설, 之:갈 지, 功:공 공)

호가호위(狐假虎威)

여우가 호랑이의 위세를 빌어 다른 짐승을 놀라게 한다는 뜻. 남의 권세를 빌어 위세를 부림.

(狐:여우 호, 假:거짓 가, 虎:범 호, 威:위엄 위)

호사다마(好事多魔)

좋은 일에는 흔히 방해되는 일이 많음. 또는 그런 일이 많이 생김.

(好:좋을 호, 事:일 사, 多:많을 다, 魔:마귀 마)

호연지기(浩然之氣)

①하늘과 땅 사이에 가득 찬 넓고도 큰 원기. ②도의에 뿌리를 박고 공명정대하여 조금도 부끄러울 바 없는 도덕적 용기. ③사물에서 해방되어 자유롭고 즐거운 마음. (浩:넓을 호, 然:그럴 연, 之:갈 지, 氣:기운 기)

화룡점정(畵龍點睛)

용을 그리는데 끝으로 눈동자를 그려 넣는다는 뜻. ①사물의 가장 중요한 부분을 완성시킴. 끝손질을 함. ②사소한 것으로 전체가 돋보이고 활기를 띠며 살아남. (畵:그림 화, 龍:용 룡, 點:점찍을 점, 睛:눈동자 정.)

각주구검(刻舟求劍)

칼을 강물에 떨어뜨리자 뱃전에 표시를 했다가 나중에 그 칼을 찾으려 한다는 뜻. 어리석어 시세에 어둡거나 완고함. (刻:새길 각, 舟:배 주, 求:구할 구, 劍:칼 검)

거안사위(居安思危)

편안할 때에도 앞으로 닥칠지 모를 위태로움을 생각하며 정신을 가다듬음.

(居:있을 거, 安:편안할 안, 思:생각할 사, 危:위태할 위)

건곤일척(乾坤一擲)

하늘과 땅을 걸고 한 번 주사위를 던진다는 뜻. ①운명과 흥망을 걸고 단판걸이로 승부나 성패를 겨룸. ②흥하든 망하든 운명을 하늘에 맡기고 결행함.

(乾:하늘 건, 坤:땅 곤, 一:한 일, 擲:던질 척)

견강부회(牽强附會)

이치에 맞지 않는 말을 억지로 끌어 붙여 자기에게 유리하게 함.

(牽:끌 견, 强:굳셀 강, 附:붙을 부, 會:모일 회)

결초보은(結草報恩)

풀을 묶어서 은혜를 갚는다는 뜻. ①죽어 혼이 되더라도 입은 은혜를 잊지 않고
갚음. ②무슨 짓을 하여서든지 잊지 않고 은혜에 보답함.

(結:맺을 결, 草:풀 초, 報:값을 보, 恩:은혜 은)

경국지색(傾國之色)

임금이 혹하여 나라가 기울어져도 모를 정도의 아름다운 미인.

(傾:기울 경, 國:나라 국, 之:갈 지, 色:빛 색)

고장난명(孤掌難鳴)

외손뼉만으로는 소리가 울리지 아니한다는 뜻. ①혼자의 힘만으로 어떤 일을
이루기 어려움. ②맞서는 사람이 없으면 싸움이 일어나지 아니함.

(孤:외로울 고, 掌:손바닥 장, 難:어려울 난, 鳴:울 명)

과전이하(瓜田李下)

오이 밭에서 신을 고쳐 신지 말고, 자두나무 아래서 갓을 고쳐 쓰지 말라는 뜻.
의심받을 짓은 처음부터 하지 말아야 함.

(瓜:외 과, 田:밭 전, 李:오얏 리, 下:아래 하)

권토중래(捲土重來)

흙먼지를 말아 일으키며 다시 쳐들어온다는 뜻. 한 번 실패한 사람이 세력을 회
복해서 다시 공격(도전)해 옴. (捲:말 권, 土:흙 토, 重:거듭할 중, 來:올 래)

근묵자흑(近墨者黑)

먹을 가까이하는 사람은 검어진다는 뜻. 나쁜 사람과 가까이 지내면 나쁜 버릇에 물들기 쉬움.　(近:가까울 근, 墨:먹 묵, 者:놈 자, 黑:검을 흑)

금의야행(錦衣夜行)

비단옷을 입고 밤길을 간다는 뜻. ①아무 보람 없는 행동. ②입신출세(立身出世)하여 고향으로 돌아가지 않음.　(錦:비단 금, 衣:옷 의, 夜:밤 야, 行:다닐 행)

기호지세(騎虎之勢)

호랑이를 자고 달리는 기세라는 뜻. ①중도에서 그만둘 수 없는 형세. ②내친걸음.　(騎:말탈 기, 虎:범 호, 之:갈 지, 勢:기세 세)

낙양지귀(洛陽紙貴)

낙양의 종이 값을 올린다는 뜻. 저서가 호평을 받아 베스트셀러가 됨.　(洛:물 이름 락, 陽:볕 양, 紙:종이 지, 貴:귀할 귀)

낭중지추(囊中之錐)

주머니 속의 송곳이란 뜻. 재능이 뛰어난 사람은 숨어 있어도 남의 눈에 드러남.　(囊:주머니 낭, 中:가운데 중, 之:갈 지, 錐:송곳 추)

누란지위(累卵之危)

알을 쌓아 놓은 것처럼 위태로운 형세.

(累:여러·포갤 루, 卵:알 란, 之:갈 지, 危:위태할 위)

단순호치(丹脣皓齒)

붉은 입술과 하얀 치아라는 뜻. 아름다운 여자.

(丹:붉을 단, 脣:입술 순, 皓:흴 호, 齒:이 치)

만사휴의(萬事休矣)

모든 일이 끝장났다(가망 없다)는 뜻. 어떻게 달리 해볼 도리가 없음.

(萬:일만 만, 事:일 사, 休:쉴 휴, 矣:어조사 의)

망국지음(亡國之音)

나라를 망치는 음악이란 뜻. ①음란하고 사치한 음악. ②망한 나라의 음악. ③애조(哀調)를 띤 음악. (亡:망할 망, 國:나라 국, 之:갈 지, 音:소리 음)

망양지탄(望洋之歎)

넓은 바다를 보고 한탄한다는 뜻. ①남의 원대함에 감탄하고, 나의 미흡함을 부끄러워함. ②제 힘이 미치지 못할 때 하는 탄식.

(望:바랄 망, 洋:바다 양, 之:갈 지, 歎:탄식할 탄)

망양지탄(亡羊之歎)

갈림길이 매우 많아 잃어버린 양을 찾을 길이 없음을 탄식한다는 뜻. 학문의 길이 여러 갈래여서 한 갈래의 진리도 얻기 어려움.

(亡:망할 망, 羊:양 양, 之:갈 지, 歎:탄식할 탄)

맥수지탄(麥秀之歎)

보리 이삭이 무성함을 탄식한다는 뜻. 고국이 멸망한 탄식.

(麥:보리 맥, 秀:빼어날 수, 之:갈 지, 歎:탄식할 탄)

명경지수(明鏡止水)

맑은 거울과 조용한 물이라는 뜻. 티 없이 맑고 고요한 심경.

(明:밝을 명, 鏡:거울 경, 止:그칠 지, 水:물 수)

명재경각(命在頃刻)

목숨이 경각(頃刻)에 달렸다는 뜻. 숨이 곧 끊어질 지경에 이름. 거의 죽게 됨.

(命:목숨 명, 在:있을 재, 頃:이랑 경, 刻:새길 각)

무위도식(無爲徒食)

하는 일 없이 놀고먹음.

(無:없을 무, 爲:할 위, 徒:무리 도, 食:밥 식)

문경지교(刎頸之交)

목을 베어 줄 수 있을 정도로 절친한 사귐, 또는 그런 벗.

(刎:목 벨 문, 頸:목 경, 之:갈 지, 交:사귈 교)

방약무인(傍若無人)

곁에 사람이 없는 것 같이 여긴다는 뜻. 주위의 다른 사람을 전혀 의식하지 않은 채 제멋대로 마구 행동함. (傍:곁 방, 若:같을 약, 無:없을 무, 人:사람 인)

백면서생(白面書生)

오로지 글만 읽고 세상일에 경험이 없는 젊은이.

(白:흰 백, 面:얼굴 면, 書:글 서, 生:날 생)

백아절현(伯牙絕絃)

백아가 거문고의 줄을 끊었다는 뜻. ①서로 마음이 통하는 절친한 벗의 죽음. ②친한 벗을 잃은 슬픔. (伯:맏 백, 牙:어금니 아, 絕:끊을 절, 絃:악기 줄 현)

부화뇌동(附和雷同)

줏대 없이 남의 의견에 따라 움직임.

(附:붙을 부, 和:화할 화, 雷:우뢰 뇌, 同:한가지 동)

분서갱유(焚書坑儒)

책을 불사르고 선비를 산 채로 구덩이에 파묻어 죽인다는 뜻. 진(秦)나라 시황제(始皇帝)의 가혹한 법과 혹독한 정치.

(焚:불사를 분, 書:글 서, 坑:묻을 갱, 儒:선비 유)

삼인성호(三人成虎)

세 사람이 짜면 저잣거리에 호랑이가 나타났다는 말도 할 수 있다는 뜻. 거짓말이라도 여러 사람이 하면 곧이들음.　(三:석 삼, 人:사람 인, 成:이룰 성, 虎:범 호)

새옹지마(塞翁之馬)

세상만사가 변화무쌍하므로, 인생의 길흉화복을 예측할 수 없다는 뜻. 길흉화복의 덧없음.　(塞:변방 새, 翁:늙은이 옹, 之:갈 지, 馬:말 마)

수구초심(首丘初心)

여우가 죽을 때에 머리를 자기가 살던 굴 쪽으로 둔다는 뜻. 고향을 그리워하는 마음.　(首:머리 수, 丘:언덕 구, 初:처음 초, 心:마음 심)

수주대토(守株待兎)

그루터기를 지켜 토끼를 기다린다는 뜻. 고지식하고 융통성이 없어 구습(舊習)과 전례(前例)만 고집함.　(守:지킬 수, 株:그루 주, 待:기다릴 대, 兎:토끼 토)

수청무대어(水淸無大魚)

물이 너무 맑으면 큰 물고기가 살 수 없다는 뜻. 사람이 너무 결백하면 남이 가까이하지 않음. (水:물 수, 淸:맑을 청, 無:없을 무, 大:큰 대, 魚:고기 어)

아비규환(阿鼻叫喚)

①불교에서 아비지옥과 규환지옥을 아울러 이르는 말. ②여러 사람이 비참한 지경에 빠져 울부짖는 참상. (阿:언덕 아, 鼻:코 비, 叫:부르짖을 규, 喚:부를 환)

안빈낙도(安貧樂道)

가난한 생활을 하면서도 편안한 마음으로 도를 즐겨 지킴. (安:편안할 안, 貧:가난할 빈, 樂:즐길 락, 道:길 도)

안중지정(眼中之釘)

눈에 박힌 못이라는 뜻. ①나에게 해를 끼치는 사람. ②몹시 싫거나 미워서 항상 눈에 거슬리는 사람(눈엣가시) (眼:눈 안, 中:가운데 중, 之:갈 지, 釘:못 정)

암중모색(暗中摸索)

어둠 속에서 손으로 더듬어 찾는다는 뜻. 어림짐작으로 찾음(추측함). (暗:어두울 암, 中:가운데 중, 摸:더듬을 모, 索:찾을 색)

월하빙인(月下氷人)

월하로(月下老)와 빙상인(氷上人)이 합쳐진 말. 남녀가 결혼하는 인연을 맺어주는 중매인을 일컬음.

(月:달 월, 下:아래 하, 氷:얼음 빙, 人:사람 인)

읍참마속(泣斬馬謖)

눈물을 머금고 마속을 벤다는 뜻. ①법의 공정을 지키기 위해 사사로운 정을 버림. ②큰 목적을 위해 자기가 아끼는 사람을 가차 없이 버림.

(泣:울 읍, 斬:벨 참, 馬:말 마, 謖:일어날 속)

전전반측(輾轉反側)

누워서 몸을 이리저리 뒤척이며 잠을 이루지 못함.

(輾:구를 전, 轉:구를 전, 反:되돌릴 반, 側:곁 측)

절차탁마(切磋琢磨)

옥돌을 줄로 쓸고 끌로 쪼고 갈아 빛을 낸다는 뜻. 학문이나 인격을 갈고 닦음.

(切:끊을 절, 磋:갈 차, 琢:다듬을 탁, 磨:갈 마)

점입가경(漸入佳境)

들어갈수록 점점 재미가 있음.

(漸:점점 점, 入:들 입, 佳:아름다울 가, 境:지경 경)

조령모개(朝令暮改)

아침에 명령을 내렸다가 저녁에 다시 고친다는 뜻. 법령을 자꾸 고쳐서 갈피를 잡기가 어려움.   (朝:아침 조, 令:영 령, 暮:저녁 모, 改:고칠 개)

조삼모사(朝三暮四)

아침에 세 개, 저녁에 네 개라는 뜻. ①당장 눈앞의 차별만을 알고 그 결과가 같음을 모름. ②간사한 잔꾀로 남을 속여 희롱함.
    (朝:아침 조, 三:석 삼, 暮:저물 모, 四:넉 사)

주지육림(酒池肉林)

술로 못을 이루고 고기로 숲을 이룬다는 뜻. 극히 호사스럽고 방탕한 생활.
    (酒:술 주, 池:못 지, 肉:고기 육, 林:수풀 림)

지란지교(芝蘭之交)

지초(芝草)와 난초(蘭草)의 교제라는 뜻. 벗 사이의 맑고도 고귀한 사귐.
    (芝:지초 지, 蘭:난초 란, 之:갈 지, 交:사귈 교)

지록위마(指鹿爲馬)

사슴을 가리켜 말이라고 한다는 뜻. ①윗사람을 농락하여 마음대로 휘두름. ②위압적으로 남에게 잘못을 밀어붙여 끝까지 속이려 함.
    (指:가리킬 지, 鹿:사슴 록, 爲:할 위, 馬:말 마)

천려일실(千慮一失)

천 가지 생각 가운데 한 가지 실책이란 뜻. 지혜로운 사람이라도 많은 생각을 하다 보면 하나쯤은 실책이 있을 수 있음.

(千:일천 천, 慮:생각할 려, 一:한 일, 失:잃을 실)

촌철살인(寸鐵殺人)

한 치의 쇠붙이로도 사람을 죽일 수 있다는 뜻. ①간단한 말로도 사람을 감동시킴. ②사물의 급소를 찌름.

(寸:마디 촌, 鐵:쇠 철, 殺:죽일 살, 人:사람 인)

토사구팽(兔死狗烹)

토끼 사냥이 끝나면 사냥개는 삶아 먹힌다는 뜻. 쓸모가 있을 때는 긴요하게 쓰이다가 쓸모가 없어지면 헌신짝처럼 버려짐.

(兔:토끼 토, 死:죽을 사, 狗:개 구, 烹:삶을 팽)

풍수지탄(風樹之嘆)

효도를 다하지 못한 채 어버이를 여읜 자식의 슬픔.

(風:바람 풍, 樹:나무 수, 之:갈 지, 嘆:탄식할 탄)

필부필부(匹夫匹婦)

평범한 남자와 평범한 여자.

(匹:짝 필, 夫:지아비 부, 婦:지어미 부)

함흥차사(咸興差使)

①심부름 가서 오지 않거나 소식이 더딘 사람. ②한 번 가서 돌아오지 않거나 소식이 없는 사람.　　　　　　　　　　　(咸:다 함, 興:일 흥, 差:어긋날 차, 使:하여금 사)

호접지몽(胡蝶之夢)

나비가 된 꿈이란 뜻. 인생의 덧없음.

(胡:오랑캐 호, 蝶:나비 접, 之:갈 지, 夢:꿈 몽)

화용월태(花容月態)

아름다운 여인의 얼굴과 맵시.

(花:꽃 화, 容:얼굴 용, 月:달 월, 態:모양 태)

후생가외(後生可畏)

젊은 후배들은 두려워할 만하다는 뜻. 젊은 후배는 선배의 가르침을 배워 어떤 훌륭한 인물이 될지 모르기 때문에 가히 두려움.

(後: 뒤 후, 生:날 생, 可:가히 가, 畏:두려울 외)

가정맹어호(苛政猛於虎)

가혹한 정치는 호랑이보다 더 사납다는 뜻. 가혹한 정치는 백성들에게 있어 호랑이에게 잡혀 먹히는 고통보다 더 무서움.

(苛:가혹할 가, 政:정사 정, 猛:사나울 맹, 於:어조사 어, 虎:범 호)

간담상조(肝膽相照)

서로 간과 쓸개를 꺼내 보인다는 뜻. ①상호간에 진심을 터놓고 격의 없이 사귐. ②마음이 잘 맞는 절친한 사이.　(肝:간 간, 膽:쓸개 담, 相:서로 상, 照:비칠 조)

격물치지(格物致知)

①사물의 이치를 연구하여 후천적인 지식을 명확히 함.[주자(朱子)] ②낱낱의 사물에 존재하는 마음을 바로잡고 선천적인 양지(良知)를 갈고 닦음.[왕양명(王陽明)]

(格:격식 격, 物:만물 물, 致:이를 치, 知:알 지)

격화소양(隔靴搔癢)

신을 신고 발바닥을 긁는다는 뜻. 어떤 일의 핵심을 찌르지 못하고 겉돌기만 하여 매우 안타까운 상태. (隔:사이 뜰 격, 靴:신 화, 搔:긁을 소, 癢:가려울 양)

견문발검(見蚊拔劍)

모기를 보고 칼을 뺀다는 뜻. 사소한 일에 크게 성내어 덤빔.

(見:볼 견, 蚊:모기 문, 拔:뺄 발, 劍:칼 검)

계륵(鷄肋)

먹자니 먹을 것이 별로 없고 버리자니 아까운 닭갈비란 뜻. ①쓸모는 별로 없으나 버리기는 아까운 사물. ②닭갈비처럼 몸이 몹시 허약함.

(鷄:닭 계, 肋:갈빗대 륵)

계명구도(鷄鳴拘盜)

닭의 울음소리를 잘 내는 사람과 개 흉내를 잘 내는 좀도둑이라는 뜻. ①선비가 배워서는 안 될 천한 기능을 가진 사람. ②천한 기능을 가진 사람도 때로는 쓸모가 있음. (鷄:닭 계, 鳴:울 명, 拘:개 구, 盜:도둑 도)

고복격양(鼓腹擊壤)

배를 두드리고 발을 구르며 흥겨워한다는 뜻. 태평성대.

(鼓:북 고, 腹:배 복, 擊:칠 격, 壤:땅 양)

교각살우(矯角殺牛)

소의 뿔을 바로잡으려다가 소를 죽인다는 뜻. 잘못된 점을 고치려다가 그 방법이나 정도가 지나쳐 오히려 일을 그르침.

(矯:바로잡을 교, 角:뿔 각, 殺:죽일 살, 牛:소 우)

구상유취(口尙乳臭)

입에서 아직 젖내가 난다는 뜻. 말이나 행동이 어린애처럼 유치함.

(口:입구, 尙:오히려 상, 乳:젖 유, 臭:냄새 취)

군맹무상(群盲撫象)

여러 소경이 코끼리를 어루만진다는 뜻. 자신의 좁은 소견과 주관으로 사물을 그릇되게 판단함. (群:무리 군, 盲:소경 맹, 撫:어루만질 무, 象:코끼리 상)

기화가거(奇貨可居)

진귀한 물건을 사 두었다가 훗날 큰 이익을 얻게 한다는 뜻. ①좋은 기회를 기다려 큰 이익을 얻음. ②훗날 이용할 수 있는 사람을 돌봐 주며 기회가 오기를 기다림. (奇:기이할 기, 貨:재물 화, 可:옳을 가, 居:있을 거)

남상(濫觴)

겨우 술잔에 넘칠 정도로 적은 물이란 뜻. 사물의 시초나 근원.

(濫:넘칠 람, 觴:술잔 상)

노마지지(老馬之智)

늙은 말의 지혜란 뜻. 아무리 하찮은 것일지라도 저마다 장기나 장점을 지니고 있음. (老:늙을 로, 馬:말 마, 之:갈 지, 智:지혜 지)

당랑거철(螳螂拒轍)

사마귀[螳螂]가 앞발을 들고 수레바퀴를 가로막는다는 뜻. 미약한 제 분수도 모르고 강적에게 항거하거나 덤벼드는 무모한 행동. 허세.

(螳:사마귀 당, 螂:사마귀 랑, 拒:막을 거, 轍:바퀴자국 철)

대의멸친(大義滅親)

대의를 위해서는 친족도 멸한다는 뜻. 국가나 사회의 대의를 위해서는 부모 형제의 정도 돌보지 않음. (大:큰 대, 義:옳을 의, 滅:멸할 멸, 親:육친 친)

도청도설(道聽塗說)

길에서 듣고 길에서 말한다는 뜻. ①설들은 말을 곧바로 다른 사람에게 옮김. ②길거리에 떠돌아다니는 뜬소문. (道:길 도, 聽:들을 청, 塗:길 도, 說:말씀 설)

동호지필(董狐之筆)

'동호의 직필(直筆)'이라는 뜻. ①정직한 기록. 기록을 맡은 이가 직필하여 조금도 거리낌이 없음. ②권세를 두려워하지 않고 사실을 그대로 적어 역사에 남기는 일. (董:바를 동, 狐:여우 호, 之:갈 지, 筆:붓 필)

마부작침(磨斧作針)

도끼를 갈아서 바늘을 만든다는 뜻. ①아무리 어려운 일이라도 참고 계속하면 언젠가는 반드시 성공함. ②노력을 거듭해서 목적을 달성함.

(磨:갈 마, 斧:도끼 부, 作:지을 작, 針:바늘 침)

맹모단기(孟母斷機)

맹자의 어머니가 '유학(遊學)' 도중에 돌아온 맹자를 훈계하기 위해' 베틀에 건 날실을 끊었다는 뜻. 학문을 중도에 그만두는 것은 짜고 있던 베의 날실을 끊어 버리는 것과 같음.

(孟:맏 맹, 母:어미 모, 斷:끊을 단, 機:베틀 기)

문전작라(門前雀羅)

문 앞에 새그물을 친다는 뜻. 권세를 잃거나 빈천(貧賤)해지면 문 앞에 새그물을 쳐 놓을 수 있을 정도로 방문객의 발길이 끊어짐.

(門:문 문, 前:앞 전, 雀:참새 작, 羅:벌일 라)

반식재상(伴食宰相)

곁에 모시고 밥만 먹는 재상이라는 뜻. 무위도식으로 자리만 차지하고 있는 무능한 재상.

(伴:짝 반, 食:밥 식, 宰:재상 재, 相:서로 상)

배반낭자(杯盤狼藉)

술잔과 접시가 마치 이리에게 깔렸던 풀처럼 어지럽게 흩어져 있다는 뜻. ①술을 마시고 한창 노는 모양. ②술자리가 파할 무렵 또는 파한 뒤 술잔과 접시가 어지럽게 흩어져 있는 모양.

(杯:잔 배, 盤:쟁반 반, 狼:이리 낭, 藉:깔개 자)

배중사영(杯中蛇影)

술잔 속에 비친 뱀의 그림자란 뜻. 쓸데없는 의심을 품고 스스로 고민함.

(杯:술잔 배, 中:가운데 중, 蛇:뱀 사, 影:그림자 영)

불치하문(不恥下問)

손아랫사람, 또는 지위나 학식이 자기만 못한 사람에게 모르는 것을 묻는 일을
부끄러워하지 아니함.　　　　　(不:아닐 불, 恥:부끄러워할 치, 下:아래 하, 問:물을 문)

붕정만리(鵬程萬里)

붕새가 날아갈 길이 만 리라는 뜻. 머나먼 노정, 또는 사람의 장래가 매우 요원함.
　　　　　　　　　　　　　　(鵬:새 붕, 程:한도 정, 萬:일만 만, 里:마을 리)

선즉제인(先則制人)

남보다 먼저 선수를 치면 남을 제압할 수 있다는 뜻. 아무도 하지 않는 일을 남
보다 먼저 하면 유리함.　　　　(先:먼저 선, 則:곧 즉, 制:절제할 제, 人:사람 인)

수서양단(首鼠兩端)

구멍에서 머리만 내밀고 좌우를 살피는 쥐라는 뜻. ①진퇴를 정하지 못하고 망
설이는 상태. ②두 마음을 가지고 기회를 엿봄.
　　　　　　　　　　　　　　(首:머리 수, 鼠:쥐 서, 兩:두 량, 端:바를 단)

수적천석(水滴穿石)

물방울이 모여 돌을 뚫는다는 뜻. 작은 노력이라도 끈기 있게 계속하면 큰일을
이룰 수 있음.　　　　　　(水:물 수, 滴:물방울 적, 穿:뚫을 천, 石:돌 석)

옥석혼효(玉石混淆)

옥과 돌이 뒤섞여 있다는 뜻. ①훌륭한 것과 쓸데없는 것이 뒤섞여 있음. ②선과 악, 현(賢)과 우(愚)가 뒤섞여 있음. (玉:구슬 옥, 石:돌 석, 混:섞을 혼, 淆:뒤섞일 효)

와각지쟁(蝸角之爭)

달팽이 촉각 위에서의 싸움이란 뜻. ①작은 나라끼리의 보잘것없는 싸움. ②인간 세계의 비소함. (蝸:달팽이 와, 角:뿔 각, 之:갈 지, 爭:다툴 쟁)

우공이산(愚公移山)

우공이 산을 옮긴다는 뜻. 어떤 큰일이라도 끊임없이 노력하면 반드시 이루어짐. (愚:어리석을 우, 公:공평할 공, 移:옮길 이, 山:메 산)

원교근공(遠交近攻)

먼 나라와 친교를 맺고 가까운 나라를 공략하는 정책. (遠:멀 원, 交:사귈 교, 近:가까울 근, 攻:칠 공)

위편삼절(韋編三絕)

공자가 주역을 즐겨 읽어 책의 가죽 끈이 세 번이나 끊어졌다는 뜻. 책을 열심히 읽음. (韋:가죽 위, 編:엮을 편, 三:석 삼, 絕:끊을 절)

유방백세(流芳百世)

향기가 백 대에 걸쳐 흐른다는 뜻. 꽃다운 이름이 후세에 길이 전함.

(流:흐를 류, 芳:꽃다울 방, 百:일백 백, 世:대 세)

일모도원(日暮途遠)

날은 저물고 갈 길은 멀다는 뜻. 늙고 쇠약한데 앞으로 해야 할 일은 많음.

(日:해 일, 暮:저물 모, 途:길 도, 遠:멀 원)

일의대수(一衣帶水)

한 줄기 띠와 같이 좁은 강물이나 바닷물이라는 뜻. 간격이 매우 좁음.

(一:한 일, 衣:옷 의, 帶:띠 대, 水:물 수)

일패도지(一敗塗地)

싸움에 한 번 여지없이 패하여 다시는 일어날 수 없음.

(一:한 일, 敗:패할 패, 塗:진흙 도, 地:땅 지)

전차복철(前車覆轍)

앞 수레가 엎어진 바퀴 자국이란 뜻. ①앞사람의 실패. ②앞사람의 실패를 거울 삼아 주의함. (前:앞 전, 車:수레 차, 覆:엎어질 복, 轍:바퀴자국 철)

창해일속(滄海一粟)

넓고 큰 바다 속의 좁쌀 한 알이라는 뜻. 아주 많거나 넓은 것 가운데 있는 매우 하찮고 작은 것.　(滄:큰 바다 창, 海:바다 해, 一:한 일, 粟:조 속)

천의무봉(天衣無縫)

선녀의 옷은 바느질한 흔적이 없다는 뜻. ①성격이나 언행이 매우 자연스러워 조금도 꾸민 데가 없음. ②시나 문장이 기교를 부린 흔적이 없어 극히 자연스러움.
　(天:하늘 천, 衣:옷 의, 無:없을 무, 縫:꿰맬 봉)

치인설몽(癡人說夢)

바보에게 꿈 이야기를 해준다는 뜻. ①어리석기 짝이 없는 짓. ②허황된 말을 지껄이는 짓.　(癡:어리석을 치, 人:사람 인, 說:말씀 설, 夢:꿈 몽)

칠보지재(七步之才)

일곱 걸음을 옮기는 사이에 시를 지을 수 있는 재주라는 뜻. 시를 아주 빨리 뛰어나게 짓는 재주.　(七:일곱 칠, 步:걸음 보, 之:갈 지, 才:재주 재)

한단지몽(邯鄲之夢)

한단에서 꾼 꿈이라는 뜻. 인생의 부귀영화는 일장춘몽과 같이 덧없음.
　(邯:땅 이름 한, 鄲: 땅 이름 단, 之:갈 지, 夢:꿈 몽)

한우충동(汗牛充棟)

수레에 실으면 소가 땀을 흘리고, 쌓아 놓으면 들보에 닿을 정도로 많다는 뜻.
가지고 있는 책이 매우 많음.　　　　　　　(汗:땀 한, 牛:소 우, 充:채울 충, 棟:마룻대 동)

혼정신성(昏定晨省)

어두워지면 부모의 잠자리를 보아 드리고 이른 아침에는 문안을 드린다는 뜻.
부모를 잘 섬기고 효성을 다함.　　　(昏:어두울 혼, 定:정할 정, 晨:새벽 신, 省:살필 성)

나의 독서 기록장

Happiness....

( )학교 ( )과 ( )학년 이름( )

📖 도서명

✏️ 지은이　　　　　　　　　🏢 출판사

📅 읽은기간 | 20　　년　　월　　일 ～ 20　　년　　월　　일

책 내용 요약, 인상 깊은 구절이나 장면, 읽은 후 느낌 등을
창의성을 살려 자유롭게 써 봅시다.

♣ 같은 책을 읽는다는 것은 사람들 사이를 이어주는 것이다.　　　　　　　　　— 에머슨

( )학교 ( )과 ( )학년 이름( )

도서명

지은이   출판사

읽은기간 | 20   년   월   일 ~ 20   년   월   일

책 내용 요약, 인상 깊은 구절이나 장면, 읽은 후 느낌 등을
창의성을 살려 자유롭게 써 봅시다.

♣ 책과 친구는 수가 적고 좋아야 한다.　　　　　　　　　　　　　－ 스페인 격언

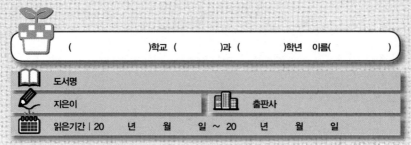

책 내용 요약, 인상 깊은 구절이나 장면, 읽은 후 느낌 등을
창의성을 살려 자유롭게 써 봅시다.

♣ 그대는 책에 보답을 주는 것이 없지만, 미래에는 책이 그대에게 한없는 영광을 주리라.
— 에라스무스

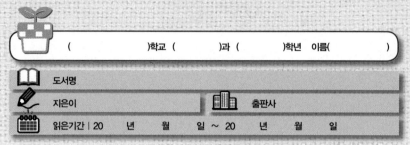

( )학교 ( )과 ( )학년 이름( )

📖 도서명

✏️ 지은이

🏢 출판사

📅 읽은기간 | 20   년   월   일 ~ 20   년   월   일

책 내용 요약, 인상 깊은 구절이나 장면, 읽은 후 느낌 등을
창의성을 살려 자유롭게 써 봅시다.

♣ 널리 배우는 방법이 많지만, 독서하는 것만큼 좋은 것은 없다.　　　－ 가이바라 에끼껭

( )학교 ( )과 ( )학년 이름( )

도서명

지은이

출판사

읽은기간 | 20 년 월 일 ~ 20 년 월 일

책 내용 요약, 인상 깊은 구절이나 장면, 읽은 후 느낌 등을
창의성을 살려 자유롭게 써 봅시다.

♣ 독서같이 값싸게 주어지는 영속적인 쾌락은 또 없다. —몽떼뉴

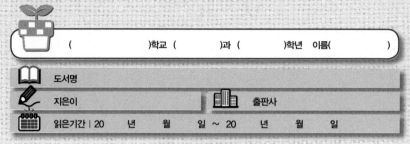

( )학교 ( )과 ( )학년 이름( )

📖 도서명

✏️ 지은이   🏢 출판사

📅 읽은기간 | 20   년   월   일 ~ 20   년   월   일

책 내용 요약, 인상 깊은 구절이나 장면, 읽은 후 느낌 등을
창의성을 살려 자유롭게 써 봅시다.

♣ 독서는 지식의 재료를 공급할 뿐 그것을 자신의 것으로 만드는 것은 사고의 힘이다.
− 존 로크

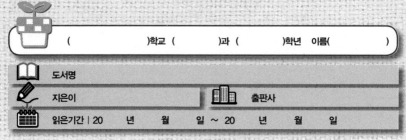

( )학교 ( )과 ( )학년 이름( )

📖 도서명

✏️ 지은이

🏢 출판사

📅 읽은기간 | 20 년 월 일 ~ 20 년 월 일

책 내용 요약, 인상 깊은 구절이나 장면, 읽은 후 느낌 등을
창의성을 살려 자유롭게 써 봅시다.

♣ 독서를 즐기는 것은 권태로운 시간을 환희의 시간으로 바꾸는 일이다.   – 떼스끼외

( )학교 ( )과 ( )학년 이름( )

도서명

지은이

출판사

읽은기간 | 20 년 월 일 ~ 20 년 월 일

책 내용 요약, 인상 깊은 구절이나 장면, 읽은 후 느낌 등을
창의성을 살려 자유롭게 써 봅시다.

♣ 독서와 마음과의 관계는 운동과 몸과의 관계와 같다.　　　　　　　- R. 스틸

( )학교 ( )과 ( )학년 이름( )

도서명

지은이

출판사

읽은기간 | 20 년 월 일 ~ 20 년 월 일

책 내용 요약, 인상 깊은 구절이나 장면, 읽은 후 느낌 등을
창의성을 살려 자유롭게 써 봅시다.

♣ 독서의 참다운 기쁨은 몇 차례고 그것을 다시 읽는 것이다.   − D. H. 로렌스

( )학교 ( )과 ( )학년 이름( )

📖 도서명

✏️ 지은이

🏢 출판사

📅 읽은기간 | 20 년 월 일 ~ 20 년 월 일

책 내용 요약, 인상 깊은 구절이나 장면, 읽은 후 느낌 등을
창의성을 살려 자유롭게 써 봅시다.

♣ 많은 독자들은 자신의 감정에 주어지는 쇼크로써 책의 능력을 판단한다. – H. W. 롱펠로

( )학교 ( )과 ( )학년 이름( )

📖 도서명

✏️ 지은이   🏢 출판사

📅 읽은기간 | 20   년   월   일 ~ 20   년   월   일

책 내용 요약, 인상 깊은 구절이나 장면, 읽은 후 느낌 등을
창의성을 살려 자유롭게 써 봅시다.

♣ 모든 책의 가치의 그 절반은 독자가 만든다.　　　　　　　　　　　－ 볼떼르

( )학교 ( )과 ( )학년 이름( )

도서명

지은이

출판사

읽은기간 | 20 년 월 일 ~ 20 년 월 일

책 내용 요약, 인상 깊은 구절이나 장면, 읽은 후 느낌 등을
창의성을 살려 자유롭게 써 봅시다.

♣ 목적이 없는 독서는 산보일 뿐 독서가 아니다.　　　　　　　　　　　– B. 리튼

도서명

지은이

출판사

읽은기간 | 20 년 월 일 ~ 20 년 월 일

책 내용 요약, 인상 깊은 구절이나 장면, 읽은 후 느낌 등을
창의성을 살려 자유롭게 써 봅시다.

♣ 반대하거나 논란하기 위해서 독서하지 말라. 생각하고, 생활을 위해 독서하라. – 베이컨

(   )학교 (   )과 (   )학년 이름(   )

📖 **도서명**

✏️ **지은이**   🏢 **출판사**

📅 **읽은기간** | 20   년   월   일 ~ 20   년   월   일

책 내용 요약, 인상 깊은 구절이나 장면, 읽은 후 느낌 등을
창의성을 살려 자유롭게 써 봅시다.

♣ 비평가란 읽는 것을 알고 타인에게 읽는 것은 가르치는 인간에 지나지 않는다. – 생트 뵈브

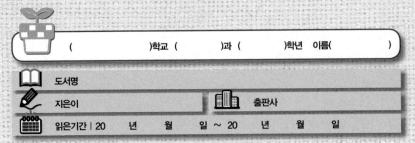

( )학교 ( )과 ( )학년 이름( )

도서명

지은이

출판사

읽은기간 | 20 년 월 일 ~ 20 년 월 일

책 내용 요약, 인상 깊은 구절이나 장면, 읽은 후 느낌 등을
창의성을 살려 자유롭게 써 봅시다.

♣ 사람은 음식물로 체력을 발육케 하고, 독서로 정신력을 배양하게 한다.   ─ 쇼펜하우어

(   )학교 (   )과 (   )학년 이름(   )

📖 **도서명**

✏️ **지은이**　　　　　🏢 **출판사**

📅 **읽은기간** | 20 　년　 월　 일 ~ 20 　년　 월　 일

책 내용 요약, 인상 깊은 구절이나 장면, 읽은 후 느낌 등을
창의성을 살려 자유롭게 써 봅시다.

♣ 사람의 품격을 읽는 책으로서 판단하는 것은 마치 교제하는 벗으로 판단되는 것과 같다.
– 스마일즈

(   )학교 (   )과 (   )학년 이름(   )

📖 도서명

✏️ 지은이   🏢 출판사

📅 읽은기간 | 20   년   월   일 ~ 20   년   월   일

책 내용 요약, 인상 깊은 구절이나 장면, 읽은 후 느낌 등을
창의성을 살려 자유롭게 써 봅시다.

♣ 독서는 순서에 따라 정밀히 해야 하며, 정밀을 다하려고 하는 것은 마음에 있다. ─ 이언적

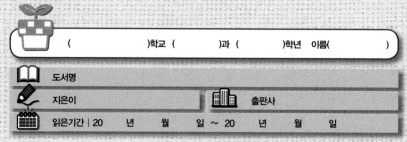

( )학교 ( )과 ( )학년 이름( )

📖 도서명

✏️ 지은이   🏢 출판사

📅 읽은기간 | 20   년   월   일 ~ 20   년   월   일

책 내용 요약, 인상 깊은 구절이나 장면, 읽은 후 느낌 등을
창의성을 살려 자유롭게 써 봅시다.

♣ 사색에 기술이 있는 것같이 쓰는 데에도, 독서에도 하나의 기술이 있다. ─ 디즈레일리

(　　　　)학교 (　　　)과 (　　　)학년　이름(　　　　)

📖 도서명

✏️ 지은이　　　　　　　　　🏢 출판사

📅 읽은기간 | 20　　년　　월　　일 ~ 20　　년　　월　　일

책 내용 요약, 인상 깊은 구절이나 장면, 읽은 후 느낌 등을
창의성을 살려 자유롭게 써 봅시다.

♣ 생각을 하지 않으면서 독서하는 것은 음식을 씹지 않고 먹는 것과 같다.　─ E. 버어크

( )학교 ( )과 ( )학년 이름( )

도서명

지은이 출판사

읽은기간 | 20 년 월 일 ~ 20 년 월 일

책 내용 요약, 인상 깊은 구절이나 장면, 읽은 후 느낌 등을
창의성을 살려 자유롭게 써 봅시다.

♣ 아직 읽지 못한 책을 읽는 것은 새로운 좋은 친구를 얻는 것과 같다.　　　－ 안지추

도서명

지은이   출판사

읽은기간 | 20 년 월 일 ~ 20 년 월 일

책 내용 요약, 인상 깊은 구절이나 장면, 읽은 후 느낌 등을
창의성을 살려 자유롭게 써 봅시다.

♣ 얼굴이 잘생기고 못생긴 것은 운명 탓이나, 독서의 힘은 노력으로 갖추어질 수가 있다.
— 셰익스피어

도서명	
지은이	출판사
읽은기간 | 20　　년　　월　　일 ~ 20　　년　　월　　일	

책 내용 요약, 인상 깊은 구절이나 장면, 읽은 후 느낌 등을
창의성을 살려 자유롭게 써 봅시다.

♣ 오직 책 한 권밖에 읽지 않은 사람을 경계하라.　　　　　　　　　－ 디즈레일리

( )학교 ( )과 ( )학년 이름( )

도서명

지은이

출판사

읽은기간 | 20 년 월 일 ~ 20 년 월 일

책 내용 요약, 인상 깊은 구절이나 장면, 읽은 후 느낌 등을
창의성을 살려 자유롭게 써 봅시다.

♠ 우리가 읽어야 할 것은 그 말이 아니라, 그 말 뒤에 있다고 느끼는 사람이다. — S. 버틀러

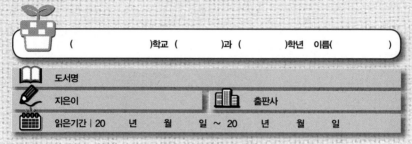

( )학교 ( )과 ( )학년 이름( )

도서명

지은이

출판사

읽은기간 | 20 년 월 일 ~ 20 년 월 일

책 내용 요약, 인상 깊은 구절이나 장면, 읽은 후 느낌 등을
창의성을 살려 자유롭게 써 봅시다.

♣ 육체는 슬프다. 아아, 나는 만 권의 책을 읽지 못한다. — 말라르메

( )학교 ( )과 ( )학년 이름( )

📖 도서명

✏️ 지은이

🏢 출판사

📅 읽은기간 | 20 년 월 일 ~ 20 년 월 일

책 내용 요약, 인상 깊은 구절이나 장면, 읽은 후 느낌 등을
창의성을 살려 자유롭게 써 봅시다.

♣ 인간은 모두가 지식욕에 근거해서 행동하게 되어 있다.　　　　　　－ 아리스토텔레스

( )학교 ( )과 ( )학년 이름( )

📖 도서명

✍️ 지은이 🏢 출판사

📅 읽은기간 | 20 년 월 일 ~ 20 년 월 일

책 내용 요약, 인상 깊은 구절이나 장면, 읽은 후 느낌 등을
창의성을 살려 자유롭게 써 봅시다.

♣ 인도의 재보를 가지고도 독서의 자랑과 바꿀 수가 없다. − E. 기번

( )학교 ( )과 ( )학년 이름( )

📖 도서명

✏️ 지은이 🏢 출판사

📅 읽은기간 | 20 년 월 일 ~ 20 년 월 일

책 내용 요약, 인상 깊은 구절이나 장면, 읽은 후 느낌 등을
창의성을 살려 자유롭게 써 봅시다.

♣ 인생은 짧다. 이 책을 읽으면 저 책은 읽을 수가 없다.　　　　　　　－ 러스킨

( )학교 ( )과 ( )학년 이름( )

📖 도서명

✎ 지은이 🏢 출판사

📅 읽은기간 | 20 년 월 일 ~ 20 년 월 일

책 내용 요약, 인상 깊은 구절이나 장면, 읽은 후 느낌 등을
창의성을 살려 자유롭게 써 봅시다.

♣ 재미있다고 생각하면서 읽는 것이 아니면 그 책에서 얻는 이익이 적을 것이다.　– 르브크

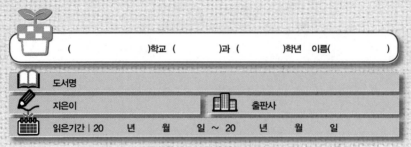

( )학교 ( )과 ( )학년 이름( )

도서명

지은이

출판사

읽은기간 | 20 년 월 일 ~ 20 년 월 일

책 내용 요약, 인상 깊은 구절이나 장면, 읽은 후 느낌 등을
창의성을 살려 자유롭게 써 봅시다.

♣ 좋은 책을 읽는 것은 과거의 가장 뛰어난 사람들과 대화를 나누는 것과 같다.　– 데카르트

( )학교 ( )과 ( )학년 이름( )

📖 도서명

✍ 지은이　　　　　　　　　　　　🏢 출판사

📅 읽은기간 | 20　　년　　월　　일 ～ 20　　년　　월　　일

책 내용 요약, 인상 깊은 구절이나 장면, 읽은 후 느낌 등을
창의성을 살려 자유롭게 써 봅시다.

♣ 좋은 책을 읽을 때면, 나는 3천년도 더 사는 것 같이 생각된다. — 에머슨

( )학교 ( )과 ( )학년 이름( )

📖 도서명

✏️ 지은이 🏢 출판사

📅 읽은기간 | 20 년 월 일 ~ 20 년 월 일

책 내용 요약, 인상 깊은 구절이나 장면, 읽은 후 느낌 등을
창의성을 살려 자유롭게 써 봅시다.

♣ 지식은 정신의 음식이다.

− 소크라테스

( )학교 ( )과 ( )학년 이름( )

📖 도서명

✏️ 지은이

🏢 출판사

📅 읽은기간 | 20 년 월 일 ~ 20 년 월 일

책 내용 요약, 인상 깊은 구절이나 장면, 읽은 후 느낌 등을
창의성을 살려 자유롭게 써 봅시다.

♣ 독서는 위락과 용기를 주고, 독서의 즐거움을 통해서 지혜와 사고력을 길러 준다. – 고리아

( )학교 ( )과 ( )학년 이름( )

📖 도서명

✏️ 지은이 　　　　　　　　　　🏢 출판사

📅 읽은기간 | 20 년 월 일 ~ 20 년 월 일

책 내용 요약, 인상 깊은 구절이나 장면, 읽은 후 느낌 등을
창의성을 살려 자유롭게 써 봅시다.

♣ 책은 그것이 쓰일 때처럼, 신중하고 절약해 가며 읽어야 한다. ─ H. D. 도로우

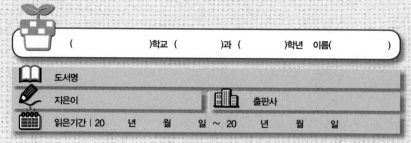

( )학교 ( )과 ( )학년 이름( )

도서명

지은이

출판사

읽은기간 | 20 년 월 일 ~ 20 년 월 일

책 내용 요약, 인상 깊은 구절이나 장면, 읽은 후 느낌 등을
창의성을 살려 자유롭게 써 봅시다.

♣ 책 읽는 기술을 터득한 사람은 결코 고독한 가운데 권태를 이기지 못하는 일이 없다.
— 에드워드 구레

(   )학교 (   )과 (   )학년 이름(   )

📖 도서명

✍️ 지은이   🏢 출판사

📅 읽은기간 | 20   년   월   일 ~ 20   년   월   일

책 내용 요약, 인상 깊은 구절이나 장면, 읽은 후 느낌 등을
창의성을 살려 자유롭게 써 봅시다.

♣ 책을 많이 읽을수록 독서력은 기하급수적으로 늘어난다.　　　　－ E. A. 포우

( )학교 ( )과 ( )학년 이름( )

📖 도서명

✏️ 지은이 🏢 출판사

📅 읽은기간 | 20 년 월 일 ~ 20 년 월 일

책 내용 요약, 인상 깊은 구절이나 장면, 읽은 후 느낌 등을
창의성을 살려 자유롭게 써 봅시다.

♣ 책을 산다는 것은 좋은 일이다. 읽을 수 있는 시간까지 살 수 있다면 말이다. - 쇼펜하우어

도서명

지은이

출판사

읽은기간 | 20 년 월 일 ~ 20 년 월 일

책 내용 요약, 인상 깊은 구절이나 장면, 읽은 후 느낌 등을
창의성을 살려 자유롭게 써 봅시다.

♣ 책을 읽고 의혹을 품으며, 가볍게 업신여기는 사람은 현명한 사람이다.　　　　－ 스코트

도서명

지은이 출판사

읽은기간 | 20 년 월 일 ~ 20 년 월 일

책 내용 요약, 인상 깊은 구절이나 장면, 읽은 후 느낌 등을
창의성을 살려 자유롭게 써 봅시다.

♣ 책을 읽되 전부 삼키지 말고, 한 가지를 무엇에 이용할 것인가를 알아 두어야 한다. – H. 입센

(   )학교 (   )과 (   )학년 이름(   )

도서명

지은이

출판사

읽은기간 | 20   년   월   일 ~ 20   년   월   일

책 내용 요약, 인상 깊은 구절이나 장면, 읽은 후 느낌 등을
창의성을 살려 자유롭게 써 봅시다.

♣ 책을 읽음에 있어 어찌 장소를 가릴 것이랴?　　　　　　　　　　　　　－ 이퇴계

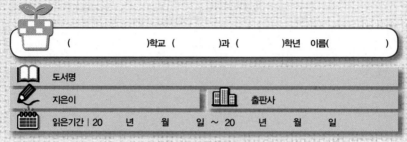

( )학교 ( )과 ( )학년 이름( )

📖 도서명

✏️ 지은이 🏢 출판사

📅 읽은기간 | 20 년 월 일 ~ 20 년 월 일

책 내용 요약, 인상 깊은 구절이나 장면, 읽은 후 느낌 등을
창의성을 살려 자유롭게 써 봅시다.

♠ 책을 한 권 읽으면 한 권의 이익이 있고, 책을 하루 읽으면 하루의 이익이 있다. – 과문절

( )학교 ( )과 ( )학년 이름( )

📖 도서명

✏️ 지은이 🏢 출판사

📅 읽은기간 | 20 년 월 일 ~ 20 년 월 일

책 내용 요약, 인상 깊은 구절이나 장면, 읽은 후 느낌 등을
창의성을 살려 자유롭게 써 봅시다.

♣ 부를 버리고 지식을 취하라. 부는 일시적이지만, 지식은 영구하기 때문이다. — 소크라테스

(   )학교 (   )과 (   )학년 이름(   )

📖 도서명

✎ 지은이   🏢 출판사

📅 읽은기간 | 20   년   월   일 ~ 20   년   월   일

책 내용 요약, 인상 깊은 구절이나 장면, 읽은 후 느낌 등을
창의성을 살려 자유롭게 써 봅시다.

♣ 탐구정신은 우리가 살고 있는 시대의 위대한 특징이다.　　　　　　　　　－J. 폴

( )학교 ( )과 ( )학년 이름( )

📖 도서명

✏️ 지은이 🏢 출판사

📅 읽은기간 | 20 년 월 일 ~ 20 년 월 일

책 내용 요약, 인상 깊은 구절이나 장면, 읽은 후 느낌 등을
창의성을 살려 자유롭게 써 봅시다.

♣ 훌륭한 독서, 즉 진실한 마음으로 참된 책을 읽는 것은 고상한 행동이다.　　− H. D. 드로우

( )학교 ( )과 ( )학년 이름( )

📖 도서명

✏️ 지은이   🏢 출판사

📅 읽은기간 | 20   년   월   일 ~ 20   년   월   일

책 내용 요약, 인상 깊은 구절이나 장면, 읽은 후 느낌 등을
창의성을 살려 자유롭게 써 봅시다.

♣ 나는 독서 방법을 배우기 위해 80년을 바쳤는데도 아직까지 잘 배웠다고 할 수 없다. - 괴테

( )학교 ( )과 ( )학년 이름( )

📖 도서명

✏️ 지은이　　　　　　　　　　　🏢 출판사

📅 읽은기간 | 20　　년　　월　　일 ~ 20　　년　　월　　일

책 내용 요약, 인상 깊은 구절이나 장면, 읽은 후 느낌 등을
창의성을 살려 자유롭게 써 봅시다.

♣ 공부하는 데 시간이 없다고 하는 사람은 시간이 있어도 공부하지 못한다.　　－ 회남자

( )학교 ( )과 ( )학년 이름( )

도서명

지은이

출판사

읽은기간 | 20 년 월 일 ~ 20 년 월 일

책 내용 요약, 인상 깊은 구절이나 장면, 읽은 후 느낌 등을
창의성을 살려 자유롭게 써 봅시다.

♠ 독서할 때 어려운 대목을 고집하면 결국은 자기와 시간을 한꺼번에 잃고 만다. – 몽떼뉴

( )학교 ( )과 ( )학년 이름( )

도서명

지은이

출판사

읽은기간 | 20 년 월 일 ~ 20 년 월 일

책 내용 요약, 인상 깊은 구절이나 장면, 읽은 후 느낌 등을
창의성을 살려 자유롭게 써 봅시다.

♣ 나는 걷고 있지 않은 때는 독서하고 있다. 나는 앉아서 생각할 수는 없다.　　－찰스 램

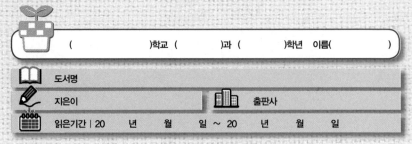

( )학교 ( )과 ( )학년 이름( )

📖 도서명

✏️ 지은이 　　　　　　　🏢 출판사

📅 읽은기간 | 20　년　월　일 ~ 20　년　월　일

책 내용 요약, 인상 깊은 구절이나 장면, 읽은 후 느낌 등을
창의성을 살려 자유롭게 써 봅시다.

♣ 같은 책을 읽는다는 것은 사람들 사이를 이어주는 것이다. — 에머슨

( )학교 ( )과 ( )학년 이름( )

📖 도서명

✏️ 지은이　　　　　　　　　　　　🏢 출판사

📅 읽은기간 | 20　　년　　월　　일 ~ 20　　년　　월　　일

책 내용 요약, 인상 깊은 구절이나 장면, 읽은 후 느낌 등을
창의성을 살려 자유롭게 써 봅시다.

♣ 가장 도움이 되는 책이란, 많이 생각하게 하는 책이다. – 올커트

도서명

지은이   출판사

읽은기간 | 20 년 월 일 ~ 20 년 월 일

책 내용 요약, 인상 깊은 구절이나 장면, 읽은 후 느낌 등을
창의성을 살려 자유롭게 써 봅시다.

♣ 너무 빨리 읽거나, 너무 천천히 읽을 때는 아무것도 이해할 수 없다. — 파스칼

(   )학교 (   )과 (   )학년 이름(   )

도서명

지은이

출판사

읽은기간 | 20   년   월   일 ~ 20   년   월   일

책 내용 요약, 인상 깊은 구절이나 장면, 읽은 후 느낌 등을
창의성을 살려 자유롭게 써 봅시다.

♣ 독서하는 것과 같이 영속적인 쾌락은 또 없다.　　　　　　　　　　− 몽테뉴

도서명

지은이   출판사

읽은기간 | 20   년   월   일 ~ 20   년   월   일

책 내용 요약, 인상 깊은 구절이나 장면, 읽은 후 느낌 등을
창의성을 살려 자유롭게 써 봅시다.

♣ 지혜의 샘은 서적 사이로 흐른다.　　　　　　　　　　　　　　－ 프랑스 속담

( )학교 ( )과 ( )학년 이름( )

📖 도서명

✏️ 지은이 🏢 출판사

📅 읽은기간 | 20 년 월 일 ~ 20 년 월 일

책 내용 요약, 인상 깊은 구절이나 장면, 읽은 후 느낌 등을
창의성을 살려 자유롭게 써 봅시다.

♣ 책 없는 방은 영혼 없는 육체와 같다.　　　　　　　　　　　－ 키케로

(   )학교 (   )과 (   )학년 이름(   )

📖 도서명

✏️ 지은이   🏢 출판사

📅 읽은기간 | 20   년   월   일 ~ 20   년   월   일

책 내용 요약, 인상 깊은 구절이나 장면, 읽은 후 느낌 등을
창의성을 살려 자유롭게 써 봅시다.

♣ 책은 젊은이에게는 안내자요, 노인에게는 오락물이다.　　　　　　　　　　　－ 콜리어

(   )학교 (   )과 (   )학년 이름(   )

📖 도서명

✒ 지은이   🏢 출판사

📅 읽은기간 | 20   년   월   일 ~ 20   년   월   일

책 내용 요약, 인상 깊은 구절이나 장면, 읽은 후 느낌 등을
창의성을 살려 자유롭게 써 봅시다.

♣ 큰 도서관은 인류의 일기장과 같다.   − 도슨

( )학교 ( )과 ( )학년 이름( )

📖 도서명

✎ 지은이

🏢 출판사

📅 읽은기간 | 20 년 월 일 ~ 20 년 월 일

책 내용 요약, 인상 깊은 구절이나 장면, 읽은 후 느낌 등을
창의성을 살려 자유롭게 써 봅시다.

♣ 책 속에 미인이 있으니 얼굴과 몸이 다같이 아름답다.　　　　　　　　　　　－ 중국 속담

도서명

지은이

출판사

읽은기간 | 20 년 월 일 ~ 20 년 월 일

책 내용 요약, 인상 깊은 구절이나 장면, 읽은 후 느낌 등을
창의성을 살려 자유롭게 써 봅시다.

♣ 가장 훌륭한 벗은 가장 좋은 책이다.　　　　　　　　　　　－ 체스터필드

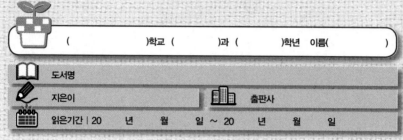

( )학교 ( )과 ( )학년 이름( )

📖 도서명

✏️ 지은이 🏢 출판사

📅 읽은기간 | 20 년 월 일 ~ 20 년 월 일

책 내용 요약, 인상 깊은 구절이나 장면, 읽은 후 느낌 등을
창의성을 살려 자유롭게 써 봅시다.

♣ 단 하루라도 책을 읽지 않으면 입에 가시가 돋는다.　　　　　　　　　　　　　－ 안중근

( )학교 ( )과 ( )학년 이름( )

도서명

지은이　　　　　　　　　　　　　　출판사

읽은기간 | 20　　년　　월　　일 ~ 20　　년　　월　　일

책 내용 요약, 인상 깊은 구절이나 장면, 읽은 후 느낌 등을
창의성을 살려 자유롭게 써 봅시다.

♣ 책은 영혼이 밖을 내다보는 창문이다.   – 핸리 비처

( )학교 ( )과 ( )학년 이름( )

도서명

지은이

출판사

읽은기간 | 20 년 월 일 ~ 20 년 월 일

책 내용 요약, 인상 깊은 구절이나 장면, 읽은 후 느낌 등을
창의성을 살려 자유롭게 써 봅시다.

♣ 책은 책 스스로의 생명이 있다.　　　　　　　　　　　　　　　– 디렌디우누스 마우르스

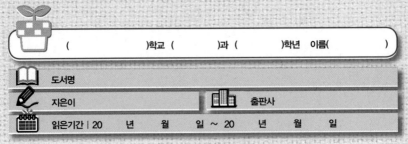

( )학교 ( )과 ( )학년 이름( )

도서명

지은이

출판사

읽은기간 | 20   년   월   일 ~ 20   년   월   일

책 내용 요약, 인상 깊은 구절이나 장면, 읽은 후 느낌 등을
창의성을 살려 자유롭게 써 봅시다.

♣ 모름지기 남자는 다섯 수레의 책을 읽어야 한다.　　　　　　　　　　　　　- 두보

( )학교 ( )과 ( )학년 이름( )

📖 도서명

✏️ 지은이   🏢 출판사

📅 읽은기간 | 20   년   월   일 ~ 20   년   월   일

책 내용 요약, 인상 깊은 구절이나 장면, 읽은 후 느낌 등을
창의성을 살려 자유롭게 써 봅시다.

♣ 책 속에는 과거의 모든 영혼이 가로누워 있다. — 칼라일

( )학교 ( )과 ( )학년 이름( )

📖 도서명

✏️ 지은이　　　　　　　　　　🏢 출판사

📅 읽은기간 | 20 년 월 일 ~ 20 년 월 일

책 내용 요약, 인상 깊은 구절이나 장면, 읽은 후 느낌 등을
창의성을 살려 자유롭게 써 봅시다.

♣ 책과 친구는 수가 적고 좋아야 한다.　　　　　　　　　　　　－ 스페인 격언

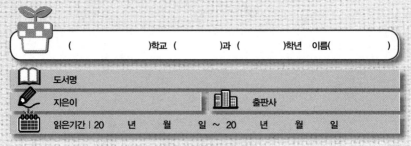

( )학교 ( )과 ( )학년 이름( )

도서명

지은이　　　　　　　　　　　　　　출판사

읽은기간 | 20　　년　　월　　일 ~ 20　　년　　월　　일

책 내용 요약, 인상 깊은 구절이나 장면, 읽은 후 느낌 등을
창의성을 살려 자유롭게 써 봅시다.

♣ 책은 위대한 천재들이 인류에게 남겨 놓은 훌륭한 유산이다.　　　　　- 조셉 에디슨

📖 도서명

✏️ 지은이   🏢 출판사

📅 읽은기간 | 20   년   월   일 ~ 20   년   월   일

책 내용 요약, 인상 깊은 구절이나 장면, 읽은 후 느낌 등을
창의성을 살려 자유롭게 써 봅시다.

♣ 법률은 죽지만, 책은 죽지 않는다.   – 리튼

중 · 고생이 꼭 읽어야 할 **한국 단편 33**

현상길 엮음 / 신국판 608쪽 / 값 13,000원

창의적 사고력 신장을 위한
단계별 독서과정을 구현하여
소설 감상의 즐거움과
학습의 효과를 동시에
만족시켜 주는
자기 주도적 독서교육의 길라잡이!

중 · 고생이 꼭 읽어야 할 **한국 고전산문 44**

현상길 엮음 / 신국판 496쪽 / 값 13,000원

다양한 한국 고전산문 작품을
갈래별로 접근하도록 함으로써
쉽게 읽고 빨리 이해하여
고전산문의 감상과 학습의
기초를 다지게 해 주는
새로운 차원의 고전 읽기 자료!

중·고생이 꼭 읽어야 할 **한국 현대시 108**

현상길 엮음 / 신국판 560쪽 / 값 13,000원

1910년대부터 2000년대까지
주옥같은 한국 현대시를 엄선,
시 감상, 도움말, 핵심정리 단계를
거쳐 자신의 생각과 비교할 수
있도록 구성한 내신과 수능 대비
현대시 감상과 교육의 새 지평!

▣ 수록 작품 ▣

강은교/우리가 물이 되어 고은/눈길 곽재구/사평역에서 구상/초토의 시 기형도/엄마 걱정 김광규/희미한 옛 사랑의 그림자 김광균/설야, 추일서정 김광섭/산9 김광섭/저녁에 김기림/바다와 나비 김남조/겨울바다 김동명/파초, 내 마음은 김동환/국경의 밤, 산 너머 남촌에는 김상용/남으로 창을 내겠소 김소월/진달래꽃, 접동새, 산유화 김수영/눈, 풀 김억/봄은 간다 김영랑/모란이 피기까지는, 독을 차고 김용택/섬진강1 김종길/성탄제 김종삼/민간인 김준태/참깨를 털면서 김지하/타는 목마름으로 김춘수/꽃, 능금 김현승/가을의 기도, 눈물 노천명/남사당 도종환/옥수수밭에 당신을 묻고 문정희/유리창을 닦으며 박남수/새, 종소리 박두진/해, 청산도 박목월/청노루, 나그네 박봉우/휴전선 박용래/저녁 눈 박용철/떠나가는 배 박인환/목마와 숙녀, 세월이 가면 박재삼/울음이 타는 가을 강, 추억에서 백석/여승 서정주/국화 옆에서, 추천사 신경림/농무, 목계장터, 갈대 신동엽/껍데기는 가라, 봄은 신동집/오렌지 신석정/들길에 서서, 꽃덤불 신석초/꽃잎 절구 심훈/그 날이 오면 안도현/고춧밭 오상순/방랑의 마음 오세영/모순의 흙 오장환/고향 앞에서 유치환/깃발, 바위 유하/생 윤동주/서시, 별 헤는 밤, 참회록 이동주/강강술래 이상/거울, 오감도 이상화/빼앗긴 들에도 봄은 오는가 이성부/벼 이용악/두만강 너 우리의 강아 이육사/청포도, 절정, 광야 이장희/봄은 고양이로다 이한직/낙타 이해인/오늘은 내가 반달로 떠도 이형기/낙화 전봉건/피아노 정지용/향수, 유리창1 정한모/가을에 정현종/사물의 꿈1 정호승/또 기다리는 편지 정희성/저문 강에 삽을 씻고 조병화/의자7 조지훈/승무, 봉황수 조태일/국토서시 주요한/불놀이 천상병/귀천 최두석/성에꽃 한용운/님의 침묵, 알 수 없어요, 나룻배와 행인 한하운/파랑새 함형수/해바라기의 비명 황동규/조그만 사랑 노래 황지우/새들도 세상을 뜨는구나

중·고생이 꼭 읽어야 할 **세계 단편 30**

현상길 엮음 / 신국판 688쪽 / 값 13,000원

주체적인 세계 명작 감상을 통한
글로벌 시대의 가치관 형성 및
독서활동 평가·수행 평가·수능·
통합교과형 논술의 기본 능력을 신장
시켜 주는 새로운 차원의
자기 주도적 독서의 길라잡이!

◨ 수록 작품 ◨

[미국] 큰 바위 얼굴/나사니엘 호손 검은 고양이/에드가 앨런 포우 도둑맞은 편지
/에드가 앨런 포우 마지막 잎새/오 헨리 20년 후/오 헨리 매혹/펄 벅

[영국] 행복한 왕자/오스카 와일드 개펄/죠셉 콘래드 가든파티/캐서린 맨스필드
아내를 위하여/토마스 하디 이정표 곁의 무덤/토마스 하디

[독일] 부엌시계/볼프강 보르헤르트 철도 사고/토마스 만 시골 의사/프란츠 카프카

[러시아] 사람은 무엇으로 사는가/레프 톨스토이 머슴 예멜리얀과 빈 북/레프
톨스토이 훈장/안톤 체호프 귀여운 여인/안톤 체호프 늑대/투르게네프

[프랑스] 목걸이/기 드 모파상 두 친구/기 드 모파상 바니나 바니니/스탕달 별/
알퐁스 도데 아를르의 여인/알퐁스 도데

[일본] 라쇼몽/아쿠다가와 류노스케 밀차/아쿠다가와 류노스케

[중국] 고향/루쉰 혈루/위다푸

[한국] 무녀도/김동리 줄/이청준

중·고생이 꼭 읽어야 할 **한국 단편 38**(상·하)

현상길 엮음 / 상권 신국판 456쪽 / 값 12,000원 / 하권 308쪽 / 값 10,000원

주제별 단편소설의 감상과
독서활동 평가 및 대입 통합논술에
효과적으로 대비하기 위하여
수준별로 정선된
논술 기초 · 심화문제를 갖춘
다기능 독서의 지침서!

�■ 수록 작품 �■

Ⅰ장 사랑과 순수, 그리고 자연 – 봄·봄, 동백꽃/김유정 아네모네의 마담/주요섭
메밀꽃 필 무렵, 산(山)/이효석 별/황순원 요람기/오영수

Ⅱ장 욕망과 행복의 뒤안길 – 감자/김동인 물레방아/나도향 돈(豚)/이효석 금 따는
콩밭/김유정 백치(白痴)아다다/계용묵

Ⅲ장 일제 강점기 시대의 아픔 – 운수 좋은 날, 고향(故鄕)/현진건 화수분/전영택
탈출기(脫出記)/최서해 붉은 산/김동인 밤길/이태준 실비명(失碑銘)/김이석

Ⅳ장 부정적 인간성의 풍자 – B감사와 러브레터/현진건 피로(疲勞)/박태원 화랑
(花郎)의 후예(後裔)/김동리 치숙(痴叔)/채만식

Ⅴ장 전쟁의 비극과 극복 – 기억 속의 들꽃/윤흥길 학/황순원 유예/오상원 수난
이대/하근찬

Ⅵ장 현대 문명의 빛과 그늘 – 발가락이 닮았다/김동인 두 파산/염상섭 징 소리/
문순태 서울, 1964년 겨울/김승옥 옥상의 민들레꽃/박완서

Ⅶ장 예술과 숙명, 그리고 저항 – 바위/김동리 독 짓는 늙은이/황순원 바비도/
김성한 사수/전광용 선학동 나그네/이청준

중·고생이 꼭 읽어야 할 **한국 고전운문 245**

현상길 엮음 / 신국판 451쪽 / 값 13,000원

온고지신(溫故知新)을 위한
고전시가 독서의 새로운 지침서로
장르별 작품 감상과 이해를 통한
전통문화의 현대적 계승과
서술형 평가·독서활동 평가 및
대입 논술과 수능 대비를 위한
사고력과 표현력 향상의 길라잡이!

◪ 수록 작품 ◪

✚ **고대 가요** – 공무도하가, 구지가, 황조가, 정읍사

✚ **향가** – 서동요, 헌화가, 모죽지랑가, 처용가, 원왕생가, 찬기파랑가, 제망매가, 안민가

✚ **고려속요** – 가시리, 동동, 만전춘별사, 사모곡, 상저가, 서경별곡, 이상곡, 정과정, 정석가, 청산별곡

✚ **경기체가, 악장** – 한림별곡, 용비어천가

✚ **평시조** – 가노라 삼각산아 外 79수

✚ **연시조** – 강호사시가, 견회요, 고산구곡가, 농가구장, 도산십이곡, 만흥, 매화사, 비가, 어부가, 어부사시사, 오륜가, 오우가, 하우요, 훈민가

✚ **사설시조** – 갓나희들이 여러 층 外 18수

✚ **가사** – 상춘곡, 면앙정가, 관동별곡, 사미인곡, 속미인곡, 규원가, 선상탄, 누항사, 용부가

✚ **민요** – 강강술래, 논매기 노래, 시집살이 노래, 진도 아리랑

✚ **한시** – 여수장우중문시, 추야우중, 송인, 부벽루, 사리화, 무어별, 탐진촌요